Trois saisons

Les Éditions du Vermillon reconnaissent l'aide financière
pour leurs activités d'édition
du Conseil des Arts du Canada, du Conseil des arts de l'Ontario,
de la Ville d'Ottawa, et du programme du Fonds du livre
du Canada, ministère du Patrimoine canadien.

Le Conseil des Arts du Canada depuis 1957 | The Canada Council for the Arts since 1957

Ottawa

ONTARIO ARTS COUNCIL
CONSEIL DES ARTS DE L'ONTARIO

Patrimoine canadien   Canadian Heritage

Catalogage avant publication de Bibliothèque et Archives Canada

Desmarais, Claude, 1930-
Trois saisons / Claude Desmarais.

(Collection Parole vivante; 83))
ISBN 978-1-926628-20-2

I. Titre.

PS8607.E76375T76 2011   C843'.6   C2011-900199-3

Les Éditions du Vermillon
305, rue Saint-Patrick Ottawa (Ontario) K1N 5K4
Téléphone : (613) 241-4032 Télécopieur : (613) 241-3109
Courriel : leseditionsduvermillon@rogers.com

Distributeurs
Au Canada Prologue
1650, boulevard Lionel-Bertrand Boisbriand (Québec) J7H 1N7
Téléphone : (1-800) 363-2864 (450) 434-0306
Télécopieur : (1-800) 361-8088 (450) 434-2627
En Suisse Albert le Grand
20, rue de Beaumont CH 1701 Fribourg
Téléphone : (26) 425 85 95 Télécopieur : (26) 425 85 90
En France Librairie du Québec
30, rue Gay-Lussac 75005 Paris
Téléphone : 01 43 54 49 02 Télécopieur : 01 43 54 39 15

ISBN 13 : 978-1-926628-20-2

Dépôt légal, premier trimestre de 2011
Bibliothèque et Archives Canada

Claude Desmarais

Trois saisons

Nouvelles

Collection Parole vivante n° 83

Vermillon

Il faut attendre le soir pour voir les étoiles.

Chiara Lubich

La magie des feuilles

DURANT TOUTE la saison morte, les bourgeons avaient attendu, grelottants, recroquevillés, prisonniers d'un manteau d'écailles. Le printemps venu, ils avaient éclos, timides et tendres sous les doux rayons. On s'était émerveillé de voir leurs teintes d'abord jaune maïs, puis rosées, et ensuite striées de vert chartreuse. Même le vieil érable infirme y était allé de toute sa sève. Bien que rabougri, il pouvait encore donner de belles feuilles.

Très vite, elles formèrent d'épais feuillages fort recherchés durant les chaudes journées d'été. On se réjouissait de ce cadeau de la nature, mais plus personne ne portait la moindre attention à ce qui le formait : les feuilles. Sauf les gamins qui venaient parfois en arracher à pleines poignées et, pour de futiles raisons, les grands qui ne se gênaient pas pour éliminer certains rameaux qu'elles ornaient. Les chaleurs de juillet et d'août devinrent torrides au point de les tordre et de les dessécher. Elles tenaient bon malgré vents et orages et continuaient d'offrir leur ombre à tout venant.

Puis les jours commencèrent à raccourcir et les nuits devinrent plus fraîches. Presque plus personne ne venait s'asseoir sous les parasols vert forêt toujours grands ouverts.

Les feuilles auraient aimé revoir les terribles bambins qui les mutilaient, et même ce bonhomme grincheux qui les bousculait sans respect. Mais tous étaient occupés à autre chose.

Les enfants étaient retournés à l'école et les travaux dans les jardins étaient terminés. Les outils, souvent oubliés ici et là, avaient pris le chemin de la remise. Seules les feuilles fatiguées demeuraient au poste sans grand espoir d'être utiles.

Il fallait réagir. L'une d'elles, se rappelant les douces couleurs de sa naissance, sortit un pinceau et se mit à se badigeonner de jaune maïs. Elle éclaboussa ses voisines ravies. Non contentes de cette exubérance, d'autres empruntèrent les plumes d'un cardinal pour se barbouiller d'ocre, de pourpre et de sang. La contagion se répandit rapidement aux arbres voisins et, bientôt, tout le bosquet devint rutilant. Le soleil, qui avait torturé les feuilles durant tout l'été, venait maintenant les caresser de ses rayons obliques pour les faire chatoyer. Leurs manoeuvres avaient réussi. On accourait de partout pour admirer leurs coloris variés à l'infini. Photographes et peintres du dimanche venaient croquer sur la pellicule ou fixer sur la toile les merveilles de la forêt. Les enfants passaient de longs moments à cueillir les plus belles pour en orner leurs cahiers et leurs livres ou, de leurs pieds, les faisaient voler en l'air, seulement pour s'amuser.

Puis le rythme de leur chute s'accentua. Elles se détachèrent, parfois secouées par le vent, le plus souvent exténuées, étiolées. Pour prolonger leur féerie, elles recouvrirent le sol d'un tapis bigarré. Même mortes, elles continuaient d'égayer la nature frileuse qui allait s'endormir en attendant le retour du printemps.

PRINTEMPS

Le spectre

CHAQUE SOIR, c'était la même histoire. Le petit Stéphane ne voulait pas aller se coucher. Tous les moyens imaginables étaient bons pour retarder le plus possible le moment où il devrait céder devant l'autorité de ses parents. Les verres d'eau, les besoins répétés d'aller faire pipi, le bec qu'il disait ne pas avoir reçu ou donné, le mal aux jambes, au ventre ou ailleurs. Les raisonnements et la douceur ne réussissaient que rarement à le convaincre d'aller au lit de bon gré. Les menaces proférées par son père étaient le plus souvent les seuls arguments efficaces.

Dès qu'il faisait nuit, il était terrorisé à l'idée de revoir le monstre qui apparaissait infailliblement au-dessus du chiffonnier placé devant son lit. Ce profil l'obsédait de plus en plus et s'animait inévitablement en cauchemars. Que dire des voix qui revenaient à ses oreilles en vagues insistantes, insidieuses et semblaient émaner de la bête? Le spectre, pourtant immobile, pouvait prendre des formes différentes d'une nuit à l'autre. Il se dédoublait même certains soirs de pleine lune. Dans sa petite tête, toutes ces images s'amplifiaient, se déformaient à l'infini. C'était parfois le taureau qui l'avait effrayé lorsqu'il était allé cueillir des fraises à la ferme des

Larocque. Un autre soir, c'était le chien des Marchesault qui l'avait chassé de dessous les grands chênes où il était allé chercher des glands. Parfois, c'était d'autres animaux mythiques et plus terrifiants encore. Le souvenir des cris de ces bêtes lui revenait, tels des hurlements dans le noir, des rugissements de fauves voraces qu'il associait aux spectres qui le terrorisaient.

Certains soirs, il empêchait son frère aîné de dormir en lui parlant sans arrêt. Il espérait ainsi créer une diversion qui aurait favorisé la disparition de la bête. La dissipation qui s'ensuivait attirait inévitablement les foudres de son père qui montait lourdement l'escalier et leur disait de sa grosse voix : « Je ne veux plus entendre un son. » Le mot « son », même entendu durant le jour, lui déplaisait, car il l'associait toujours à ses terreurs nocturnes.

Si seulement la lumière de la chambre avait pu rester allumée ! Les monstres auraient disparu du même coup; ils ne seraient même pas venus. Mais il savait bien que l'électricité coûtait trop cher pour que ses parents lui accordent ce caprice. Qui donc allait le délivrer de l'emprise de cette horrible réalité? Impossible d'en parler à qui que ce soit ! Que lui serait-il arrivé si les monstres avaient appris que Stéphane les avait trahis en révélant leur présence? Après avoir longtemps pleuré en silence, il finissait par succomber au sommeil, non sans avoir résisté de toutes ses forces de peur d'être dévoré durant la nuit.

Tante Adèle vint un jour rendre visite à sa mère. Elle était gentille cette dame célibataire, une vieille fille comme disait le père pour la taquiner. Après quelques années dans une communauté religieuse, où elle avait enseigné à l'école primaire, elle avait dû, à sa sortie du couvent, se contenter d'un emploi dans une usine de textiles. Depuis, elle distribuait à ses neveux et nièces ses attentions et ses gentillesses. Tous les cousins et cousines adoraient cette tante-là et Stéphane encore plus que les autres. C'était normal; n'était-elle pas sa marraine? Elle était la seule à l'appeler « Coco », surnom qu'il adorait entendre. C'était un peu comme un mot de code qui les rapprochait. Il aimait aussi sa façon de raconter des histoires et des contes à saveur biblique ou édifiante. Elle venait s'asseoir au pied du lit d'un des petits pour leur dire des choses merveilleuses ou parler de son enfance. À d'autres moments, elle lisait des pages du grand catéchisme illustré. Elle alternait entre la chambre des garçons et celle des filles juste en face et, chaque fois, elle parlait assez fort pour que tous les enfants puissent l'entendre clairement. Les séances se terminaient par une tournée de gros becs sonores distribués à profusion même à ceux qui dormaient déjà.

Un soir, le petit lui demanda de rester plus longtemps. Blotti fortement contre elle, il lui chuchota à l'oreille son grand secret en lui indiquant discrètement l'objet de ses peurs. La bonne dame ne fut pas longue à repérer la cause du spectre. Elle se leva, alla dans la salle de bain et tira le store de la fenêtre qui donnait sur la rue éclairée par des réverbères. Du coup, elle plongea pour toujours l'effroyable silhouette dans l'obscurité.

Le lendemain et les soirs qui suivirent, le gamin chercha en vain les monstres qui l'avaient tant fait souffrir. Intrigué, il aurait presque aimé les revoir, ne fût-ce qu'un instant, pour savoir s'ils lui feraient encore peur. Aujourd'hui, il y pense avec une pointe de nostalgie.

L'iguane

UN IGUANE VERT s'avançait à pas lents sur une des pelouses de l'hôtel *Royal Decameron*, gobant des feuilles et des boutons de fleurs. Il se savait en sécurité au milieu de nombreux hommes pacifiques au dos cuivré, à la bedaine généreuse et aux yeux recouverts de drôles de plaques colorées. Il y avait aussi des femmes portant des vêtements si petits qu'on pouvait se demander pourquoi elles les avaient mis.

Il était bien chez lui dans son grand rectangle vert où seuls les vilains oiseaux noirs à gros bec et les pigeons polissons venaient parfois troubler sa quiétude. Sous le soleil ardent du Mexique, il se préparait à se reposer.

Faisant fi de l'interdiction de sa mère, le petit Alexandre, âgé de quatre ans, dissimulé derrière le mur courbe qui longeait la piscine, s'approcha du reptile. Seul le haut de sa tête dépassait et il devait marcher sur la pointe des pieds pour voir par-dessus le parapet. Arrivé à l'endroit où la pelouse descend en pente douce vers le trottoir, le garçonnet se rapprocha du lézard engourdi par la chaleur. Ce dernier ne réagit pas face à cette menace encore lointaine.

Le garçonnet examina longuement les formes bizarres de cette chose qui ne ressemblait en rien à ce qu'il avait vu jusque-là, sinon à quelque dinosaure dans des dessins animés à la télévision. Tout vert, un peigne inégal sur le dos, un lambeau de peau sous la bouche et une longue queue pointue. Était-ce en caoutchouc ou en matière plastique? Un jouet de plage oublié là? Il décida d'aller voir de plus près. Lorsque l'enfant fut arrivé à une distance inquiétante pour l'animal, celui-ci se dressa sur ses pattes, comme mû par un ressort, et resta figé, immobile. Ce mouvement brusque, loin d'intimider Alexandre, aiguisa sa curiosité. Le jouet était donc actionné par un moteur à piles et contrôlé à distance. Il voulut s'en emparer, mais l'objet de sa convoitise ne l'entendait pas ainsi. Il ouvrit grande la bouche dans un mouvement d'intimidation et fit quelques petits pas saccadés en direction de l'attaquant qui déguerpit en pleurant. Le petit trébucha et s'étala de tout son long sur l'herbe mouillée. Barbouillé de taches vertes, il retourna auprès de sa mère et inventa une histoire invraisemblable pour dissimuler sa désobéissance.

La maman consola son petit, le prit par la main et lui dit candidement, mais d'un ton qui ne souffrait aucune objection : « Viens voir le bel iguane vert. » Elle ne jugea pas nécessaire de le réprimander.

Heureux moments

– GRAND-MAMAN, voulez-vous jouer pour moi *le Beau Danube bleu*? S'il vous plaît.

Comme Jérôme le faisait chaque jour en revenant de l'école, il avait rempli la grande boîte près du poêle à bois de rondins et de morceaux bien secs. Il les fendait toujours très fins, pour qu'ils produisent une chaleur vive et intense comme l'aimait son aïeule.

Cette demande produisait infailliblement chez sa grand-mère une métamorphose. Chrysalide prostrée, recroquevillée, assise sur ses jambes repliées dans sa bergère bleu nuit, elle se dépliait dans un mouvement lent, presque solennel. Puis, elle se levait sans hâte, redressait la tête, laissant voir l'étroit ruban de velours noir, orné d'un minuscule pendentif doré, serré autour de son long cou décharné. Un sourire à peine perceptible sculptait ses lèvres minces pincées l'une contre l'autre. On aurait dit une diva un soir de première.

Marie-Louise, la fille aînée de Moïse Beaupré, riche entrepreneur en construction, retrouvait toute sa fierté de jeune femme, pianiste en herbe, dont les aspirations artistiques s'étaient évanouies à compter du jour de son mariage. Les nombreuses maternités et les longues années de veuvage, où elle avait élevé seule une dizaine d'enfants, l'avaient usée prématurément. On vieillissait très vite au début du siècle dernier.

Elle fixa un moment son petit-fils sans émotion apparente, puis promena son regard dans la pièce pour enfin le poser sur le vieux piano droit adossé au mur perpendiculaire à la fenêtre donnant sur la rue. Elle éloigna le banc de l'instrument et prit place en même temps qu'elle ouvrait le couvercle, révélant un clavier jauni et écaillé par endroits. Elle joignit le bout de ses doigts écartés et bien tendus au-dessus des notes et les pressa les uns contre les autres comme pour réveiller leurs muscles. Elle ajusta sur son nez ses petites lunettes rondes au cadre de corne brunâtre, ouvrit le cahier de musique déjà posé sur le lutrin et commença à jouer doucement. Ses doigts secs frôlèrent les touches, puis le son devint plus fort et la cadence s'affirma. Un mouvement de valse entraîna le haut de son corps et sa tête entreprit de battre la mesure.

Jérôme ne connaissait rien à la musique et n'aurait pas remarqué la pire fausse note qui aurait pu se glisser dans le jeu de la septuagénaire, mais cette pièce mainte fois entendue éveillait en lui une sensation agréable qu'il ne cherchait pas à définir. Debout derrière elle, il regardait son dos voûté et admirait sa coiffure. Il avait souvent assisté au rituel matinal où elle peignait ses longs cheveux encore blond très pâle qu'elle disait ne jamais avoir coupés depuis qu'elle était toute petite. Puis les tressait et les enroulait, formant un « beignet » retenu par de longues et minces pinces ondulées.

Elle afficha un air de contentement au moment de lever les mains du clavier.

– Veux-tu que je joue un autre morceau? demanda-t-elle de sa voix tremblotante.

– S'il vous plaît; j'aimerais bien ça.

Elle feuilleta le cahier, choisit une autre pièce et se remit à jouer. Une troisième vint s'ajouter, puis une autre. La pianiste se leva, visiblement heureuse du récital intime qu'elle venait de donner.

– Viens avec moi dans la cuisine, je vais prendre un verre d'eau chaude avec un morceau de pain sec, ça aide ma digestion.

Le changement était complet. L'aïeule amorphe et distante du début était devenue une personne chaleureuse qui se mit à raconter des histoires de sa longue vie en les agrémentant d'anecdotes drôles. Jérôme n'oubliera jamais son petit rire saccadé et toujours discret.

Une sincère communion d'âme entre une vieille dame et son petit-fils adolescent avait été déclenchée par le langage universel d'une simple valse de Strauss.

La cagnotte de Mémère

MÉMÈRE MARIE-ROSE, c'était le nom que tous ses petits-enfants lui donnaient, avait la réputation d'être très économe. Certains disaient même qu'elle était pingre, un peu grippe-sou, voire resquilleuse. Elle n'achetait pour elle-même jamais rien qui ne soit absolument nécessaire. Pourtant, elle avait toujours une petite pièce pour la collecte du dimanche à la messe. C'était là une stricte obligation. Ses repas étaient frugaux et les restes revenaient immanquablement sur la table jusqu'à consommation complète. Pas le moindre morceau de pain ne se perdait. Elle disait : « Celui qui jette du pain mérite d'aller en enfer. »

Gaétan aimait beaucoup aller chez sa grand-mère Marie-Rose. Non pas pour la nourriture qu'elle lui servait, mais plutôt pour sa gentillesse, son sourire, son empressement envers tous ceux qui venaient la voir. Sans l'avouer, il avait aussi toujours l'espoir de recevoir un de ses bonbons à la menthe, des *paparmannes,* qu'elle distribuait avec parcimonie aux moments les plus inattendus. Ses petits-enfants savaient tous où elle les cachait, dans un tiroir de son chiffonnier, bien au fond sous ses petits vêtements bien pliés et bien rangés. Jamais cependant, personne n'aurait eu l'audace d'aller en chercher.

Grand-père Gilles était plutôt prodigue et ne demandait jamais à sa femme de lui rendre des comptes de l'argent qu'il lui donnait pour l'épicerie et autres besoins de la maison. Comme par hasard, Mémère ne lui remettait jamais de monnaie. Tout le monde était convaincu qu'il y avait quelque part une cachette où elle déposait ce qu'elle avait ainsi subtilisé, mais personne n'osait aborder le sujet.

Après une longue maladie, l'aïeule mourut un jour de janvier sans laisser la moindre indication quant au sort de ses économies. Son compagnon inséparable depuis près de soixante ans alla la retrouver à peine quelques mois plus tard.

En tant qu'aîné de la famille, le père de Gaétan fut désigné exécuteur testamentaire. Une de ses premières tâches consistait à faire l'inventaire des avoirs des défunts. Poussé par la curiosité, et aussi par un désir d'être utile dans cette tâche fastidieuse, Gaétan offrit ses services. Secrètement, il souhaitait découvrir la cagnotte de sa grand-mère. Son père accepta de lui confier l'inspection de la chambre à coucher du rez-de-chaussée, celle que ses grands-parents avaient occupée. La tâche était de taille, d'autant plus que le placard était rempli à pleine capacité de vieux vêtements, de chaussures et de cartons qui n'avaient sûrement pas été ouverts depuis des années. Tout était soigneusement rangé, enveloppé, empilé en colonnes jusqu'au plafond.

Sans attendre, le garçon se précipita vers le tiroir du chiffonnier où étaient cachés les bonbons. Le magot s'y trouverait peut-être aussi. Il se mit deux mentes dans la bouche, mais ne vit rien d'autre que des vêtements féminins. Même chose dans les autres tiroirs. Il se mit ensuite à ouvrir chacune des boîtes du placard en identifiant le contenu sur le carton à l'aide d'un stylo-feutre, comme son père le lui avait demandé. Rien que des vieilles choses qu'il aurait bien envoyées tout de suite à la poubelle. Des vêtements démodés qui ne pourraient jamais convenir à qui que ce soit, même pas pour un musée.

Une petite cassette cachée au fond d'une tablette attira l'attention du garçon. C'était une boîte à cigares en bois de cèdre enluminée de dessins évoquant les îles du Sud. Ficelée d'un ruban rose déteint et sali, décolorée à certains endroits par les multiples manipulations, elle devait être très vieille. Il la prit, certain d'avoir trouvé ce qu'il cherchait. La caissette lui parut très légère, trop légère, presque vide. Quelqu'un était-il passé avant lui? Il l'ouvrit et y trouva un vieux billet d'un dollar et quelques petites pièces. Et aussi un calepin noir usé, à la tranche rouge et aux coins retournés. Il hésita à regarder dans le cahier qui contenait peut-être des secrets intimes de l'aïeule, mais ne put résister longtemps à la tentation d'y jeter un coup d'oeil.

Sur chacune des pages, dont la première remontait à près de quarante ans, paraissait le nom et l'adresse d'un des prêtres missionnaires à qui elle avait fait parvenir, à tour de rôle, les petites sommes qu'elle économisait.

Son trésor était ailleurs.

La Fille en rouge

TANIA, la Fille en rouge comme ses amis l'appelaient, avait ignoré les recommandations de sa mère. Au lieu de se rendre directement à ses cours, elle avait pris l'habitude de faire un détour par le vieux quartier de la ville, là où la drogue coulait à flots. Elle se croyait immunisée contre toute tentation d'en prendre. De plus, l'idée de côtoyer un milieu délinquant lui procurait un vif plaisir. Les garçons, riches de la vente de stupéfiants, lui semblaient des pigeons faciles à plumer. Elle croyait pouvoir les aguicher et en tirer des avantages intéressants sans risquer le moindre danger.

Louis, un grand garçon aux cheveux noirs et aux yeux d'ébène, qui semblait complètement déplacé dans cet entourage sordide, plaisait particulièrement à la collégienne. De toute évidence, son béguin était partagé par le beau mâle qui ne tarissait pas de compliments et de petites attentions. Une certaine familiarité s'établit peu à peu entre les deux jeunes gens. Cependant, la Fille en rouge demeurait sur ses gardes. Un sixième sens lui disait de se méfier de ce charmeur trop gentil.

Les jours se succédèrent et la méfiance fit place à la confiance. Le bavardage des deux jeunes se transforma progressivement en confidence, venant presque exclusivement de Tania. Louis demeurait mystérieux et donc d'autant plus attirant. Elle lui parlait abondamment de sa grand-mère qu'elle allait aider durant les fins de semaines en lui apportant des douceurs que lui donnait sa mère. Le galant lui proposa de l'accompagner lors d'une prochaine visite. Tania s'empressa d'accepter cette offre.

Et puis un jour, le jeune homme disparut sans raison, laissant la collégienne dans le désarroi le plus profond. Désabusée, elle changea de route et redevint sérieuse comme sa mère le souhaitait. Elle se rendait assidûment chez sa mamie les samedis et parfois les dimanches.

Un jour, en entrant sans sonner, car elle avait la clef de la maison, elle tomba nez à nez avec Louis. Elle en demeura stupéfaite.

– Qu'est-ce que tu es venu faire ici? lui demanda-t-elle.

– Je te remplace les jours de semaine quand tu ne peux pas venir. Elle est gentille, ta grand-mère.

– Pourquoi n'est-elle pas dans le salon comme d'habitude?

– Elle est dans sa chambre, elle dort.

– Je vais la voir.

Sur ces mots, le grand méchant Louis attrapa Tania par le bras, l'entraîna sur un divan, lui injecta une drogue. Et l'inévitable se produisit.

– Maintenant, lui dit-il d'un ton qui n'acceptait pas de réplique, tu vas travailler pour moi. Et avec ta belle petite gueule, tu vas me rapporter gros.

L'étoile

UNE ÉPAISSE COUCHE de nuages recouvrait la nuit. L'air chargé d'une froide humidité avait succédé à la pluie. Accoudé à la fenêtre du chalet de ses parents où il était venu se réfugier ce samedi soir d'octobre, Philippe se demandait ce qu'il était sensé y trouver. Pas d'électricité, seule la faible lumière d'une lampe à pétrole éclairait la pièce principale.

Il avait quitté la salle de concert en coup de vent après l'échec de son récital de piano et s'était enfui dans ce coin reculé de pays. Lui, l'enfant prodige, brillant interprète de Chopin, Beethoven et même Mozart, se sentait déchu et humilié devant la tiédeur de l'auditoire. Personne ne l'avait hué; on l'avait même applaudi poliment. Mais il savait qu'il n'avait pas été à la hauteur des attentes du public. Il s'était brutalement rendu compte que la concurrence était féroce dans le monde des adultes et que l'indulgence des auditeurs était presque inexistante. Il se sentait battu avant même que sa vie débute. Les succès faciles de son enfance ne l'avaient pas préparé aux batailles qu'il aurait à livrer.

On frappa à la porte. Adélard Guertin, un cultivateur du voisinage, venait voir ce qui se passait après avoir aperçu une voiture sur le chemin rarement fréquenté en cette saison. Il connaissait bien Philippe. Il l'avait vu grandir un peu plus chaque année durant les vacances d'été. Il admirait son talent, lui, l'homme simple dont le violon à vingt dollars que son père lui avait laissé était le seul mode d'expression artistique.

– T'as pas fait d'feu ? demanda Adélard, ça va geler ce soir ; tu vas prendre ton coup de mort. Veux-tu qu'j'allume ?

Le garçon demeura muet.

– As-tu mangé? Si tu veux, tu peux venir chez nous. Gisèle a certainement quelque chose pour toi. Tu peux même coucher dans la chambre de Gérard qui travaille en ville. Elle est toujours libre en hiver.

– Non… Rien merci.

Sur ces mots, le fermier tourna les talons et sortit. Il fit quelques pas à l'extérieur, rebroussa chemin, entrouvrit la porte.

– En tout cas, tu sais où trouver d'l'aide si t'en as besoin. Y faut pas t'gêner.

Le jeune homme demeura seul, sans bouger, à regarder les silhouettes des arbres qu'il imaginait sans les voir. Il s'enroula ensuite dans la housse qui recouvrait le vieux divan et se coucha. Il espérait trouver le sommeil et s'éveiller le lendemain en se rendant compte qu'il avait fait un mauvais rêve.

Ce fut un cauchemar qui occupa presque tous les moments de sa nuit. Il vit une étoile, son étoile s'éteindre à peine était-elle apparue dans son firmament. Elle venait constamment s'écraser sur la terre, ravager tout ce qu'il aimait, tout ce qu'avait été sa vie jusqu'à cette horrible soirée. Son piano volait en éclats, la maison de ses parents disparaissait en fumée et, lui, demeurait impuissant, découragé devant tant de malheur. Son étoile ? Quelle étoile ? Une étoile filante aussitôt apparue, aussitôt déchue !

Dès les premiers signes du jour, Philippe sortit et se dirigea en voiture chez le voisin. Il était transi.

– Entre, viens t'chauffer, lui dit Lisette, la fille de la maison.

Elle aimait beaucoup ce garçon avec qui elle avait grandi pour ainsi dire, du moins durant les mois d'été, depuis qu'il était tout jeune. Ils étaient presque du même âge. Elle reconnaissait son talent, mais c'était lui qu'elle aimait, pour lui-même et non pour ce qu'il pouvait représenter aux yeux du monde. Dans son for intérieur, elle en était follement amoureuse sans vouloir se l'avouer. D'ailleurs, jamais elle n'aurait osé prétendre qu'il éprouverait pour elle les mêmes sentiments.

– Tu vas ben manger quelque chose avec nous, poursuivit la mère.

Sans dire un mot, le garçon prit place à table en parcourant la pièce des yeux. Il la connaissait bien cette vieille maison sans confort ni prétention. Il se rappelait aussi les tartines de confitures et les morceaux du gâteau *à gros grains* que madame Guertin lui avait si souvent donnés.

Encore tout rougeaud de la vigoureuse friction qu'il venait d'imposer à son visage en faisant sa toilette, le fermier vint s'asseoir en face du jeune homme. Il le salua discrètement en esquissant un petit salut de la tête, puis demanda à sa femme qu'elle apporte du café et de quoi manger. Sentant le besoin de silence de son invité, il se contenta de pousser devant lui une assiettée de crêpes chaudes et un pot de sirop d'érable.

– Viens-tu pour longtemps ? demanda la mère.

Elle cessa immédiatement de parler en voyant le signe discret et réprobateur de son mari.

L'atmosphère était lourde, inconfortable même pour ces gens simples qui ne comprenaient pas ce qui se passait chez leur jeune voisin. Ils percevaient quand même un drame dont ils ne pouvaient imaginer la cause. Sans trop savoir pourquoi, presque machinalement, Adélard prit son violon et son archet et commença à jouer une gigue en frappant le plancher du bout de sa semelle. Le son aigrelet de l'instrument remplit vite toute la pièce. Le visage de Philippe s'anima peu à peu et son talon se mit à battre la mesure. La musique se poursuivit à une allure endiablée pendant près d'une heure. Le temps s'était arrêté devant la spontanéité et la simplicité de ce violoneux qui n'aspirait à rien d'autre qu'à frotter son archet chargé de résine sur les cordes tendues, comme le lui avait appris son père.

Le jeune pianiste venait d'apercevoir les faibles lueurs d'une humble étoile qui n'avait jamais pâli malgré sa modestie. Il remercia poliment ses hôtes et partit sans regarder en arrière.

Le Lac des cygnes

DES MURMURES polis remplissaient la salle du *Her Majesty's Theatre* de Toronto. On présentait *Le Lac des cygnes* de Tchaïkovski. La toute nouvelle chorégraphie était signée par Stephen White. Le scénario respectait bien le thème de l'ancienne légende allemande qui avait inspiré le grand compositeur russe, mais condensait la représentation en trois actes au lieu de quatre. Elle y incorporait aussi subtilement des pas empruntés aux ballets modernes.

Depuis plus d'une heure dans sa loge, Sylvia Bell, la jeune ballerine se remémorait, comme dans un film en mode accéléré, tout ce qui l'avait menée à cette grande soirée : ses premiers pas de danse à l'âge de cinq ans, les interminables répétitions, les continuels exercices d'étirement, les compétitions, les séances de qualification pour obtenir les grades nécessaires à sa progression sur la longue route menant à la perfection. Le ballet avait pris la première place dans sa vie; elle y avait consacré ses énergies, sacrifié ses loisirs et même négligé ses amis.

On frappa à la porte pour lui dire qu'on l'attendait dans les coulisses. Le moment était venu de récolter les fruits de ses efforts. Le rideau tardait à se lever. L'attente devenait intolérable. Dressée sur les pointes de ses chaussons blancs, la jeune danseuse se morfondait dans une impatience mêlée de trac. Elle répétait les mouvements mille fois exécutés avec aisance, mais qui la plongeaient dans une terrible inquiétude avant d'entrer en scène.

À peine âgée de dix-huit ans, elle avait eu une ascension fulgurante au sein de l'École nationale de Ballet du Canada, égalant en talent et en grâce les plus illustres danseuses issues de cette école prestigieuse. Le chorégraphe avait insisté pour qu'elle tienne le rôle principal dans cette production le soir de la première. Veronica Bellingham, la danseuse étoile de la compagnie, avait dû accepter à reculons cette décision qui la reléguait au rôle de doublure. Des professeurs chevronnés s'inquiétaient de l'inexpérience de la jeune fille face à l'ampleur du défi. D'autres, moins indulgents, décelaient dans ce favoritisme audacieux un dessein caché et peu professionnel de la part du chorégraphe, beaucoup plus âgé que sa pupille.

Au moment où se terminait l'introduction *Allegro non troppo*, le rideau se leva, découvrant la scène faiblement éclairée derrière un grand voile diaphane. Odette, l'héroïne, présentée sous la forme d'un cygne blanc, se déplaçait paisiblement en pointes sur un étang imaginaire, entourée d'un groupe de petits cygnes qui lui faisaient la fête. Sylvia était éblouissante. Elle incarnait chaque note, chaque mesure de la musique envoûtante du plus grand ballet de tous les temps. Toutes les fibres de son corps répondaient aux sentiments qu'elle voulait exprimer. La foule ne put retenir ses applaudissements, après seulement quelques minutes, devant une telle démonstration de pureté de gestes et de grâce dans le mouvement. Profitant d'un court silence au milieu d'une mesure, la ballerine esquissa un sourire qui enflamma davantage l'auditoire.

Une ovation débordante se prolongea au-delà du premier acte. Dans les coulisses, où se précipitait la jeune ballerine ravie de l'accueil qu'on lui avait fait, les professeurs l'attendaient pour la féliciter et l'encourager à donner tout ce que son âme possédait d'amour pour cet art. En retrait, Stephen l'attendait. Elle s'élança vers lui et tomba dans ses bras, tout émue. Le chorégraphe se montra réservé, mais ne sut dissimuler ses sentiments envers sa protégée. Leur étreinte fut courte, interrompue par le groupe de jeunes ballerines qui voulaient manifester à l'étoile leur admiration de façon exubérante.

Alexandre Précourt, issu de la même école, personnifiait le prince Siegfried, principal rôle masculin. Il se montra tout de suite à la hauteur du talent de la jeune star. Les mouvements des deux danseurs s'harmonisèrent durant toute la représentation, se fondant dans la musique. Tout semblait facile.

Le troisième acte augmenta l'intensité dramatique pour exprimer la détresse du prince victime de la fourberie du terrible sorcier Von Rothbart et la peine qui avait terrassé Odette. Il ne pouvait s'unir à l'amour de sa vie, car, trompé par un leurre, il avait épousé Odile, la fille perfide du sorcier. Désespéré, il avait décidé d'aider l'héroïne à s'envoler vers d'autres cieux pour qu'elle puisse enfin être délivrée du mauvais sort qui la tenait captive dans le corps d'un cygne.

Après une longue prostration, où elle incarna parfaitement un oiseau mourant de désespoir, Odette se redressa péniblement en s'approchant de son héros qui la prit par la taille et l'éleva au-dessus de sa tête. L'oiseau écarta les bras dans un gracieux mouvement d'envol puis retomba aux pieds de Siegfried. Le rideau descendit immédiatement aux applaudissements délirants de l'assistance alors que l'orchestre jouait les dernières mesures d'un mouvement *moderato.*

Sylvia se tordait de douleur. Le *crac* causé par la fracture qu'elle avait ressentie dans sa hanche au moment de la chute ne lui laissait aucun doute. Jamais plus elle ne danserait.

ÉTÉ

Les amis d'enfance

MARCEL SORT de la salle à manger de l'hôtel *Château des patriotes*. Le repas a été excellent. Maintenant, il se demande ce qu'il peut bien faire à vingt heures un mardi soir de tempête hivernale dans une ville où il ne connaît personne. Les bars sombres ne l'intéressent pas lorsqu'il est seul. Dans le lobby presque désert, il balaie du regard les fauteuils où sont affalées quelques personnes tout aussi désœuvrées que lui. Son attention s'arrête sur un homme dans la quarantaine avancée qui tient un journal sans le lire. Son profil lui semble familier, pourtant il n'arrive pas à lui associer un nom. La curiosité le pousse à le regarder de face. Il doit procéder avec discrétion afin de ne pas l'importuner. Il se déplace nonchalamment en regardant un peu partout. Par la fenêtre il voit les rafales de neige s'engouffrer dans le portique, sur une tablette, un téléviseur dont l'écran est orienté vers le bureau de la réception où le commis s'occupe sérieusement à ne rien faire. Enfin, il jette un coup d'œil furtif sur l'homme qui l'intrigue. Cheveux noirs grisonnants et clairsemés, front haut, nez légèrement aquilin, lèvres minces, menton volontaire. Décidément, il lui rappelle quelqu'un. Mais qui? Il semble le reconnaître. Il hésite. Il scrute sa mémoire, ressasse ses souvenirs. Un nom finit par surgir. C'est impossible! Par quel hasard pourrait-il rencontrer et reconnaître un ami d'enfance qu'il n'a pas vu depuis une trentaine d'années? On change tellement en passant de l'enfance à l'âge mûr. Pourtant, il croit que c'est Robert Meunier, un compagnon de classe à l'école primaire. Il n'y a qu'une façon de le savoir. Il s'avance un peu. Ce geste attire l'attention de l'homme qui lève la tête. Étonné de revoir quelqu'un qui le ramène aussi loin en arrière, il sursaute.

– Robert? s'informe timidement Marcel.

– Marcel! s'exclame son interlocuteur sans hésiter. Incroyable après tant d'années!

À l'invitation de Robert, les deux hommes se dirigent vers le bar en entamant une conversation axée sur le temps maussade des derniers jours. Ils s'attablent dans la pièce dont l'atmosphère est alourdie par une musique sans teinte ni forme et poursuivent leur dialogue. Ils en ont tellement long à se raconter!

– Qu'est-ce que tu fais dans la vie?

– Maintenant, pas grand-chose d'intéressant, répond Robert. Je suis représentant pour Lavigne et Lavallée, une société d'ingénierie spécialisée en infrastructures et travaux de voirie. Mes plus gros clients sont les gouvernements et les municipalités. Tu comprends, travailler avec des fonctionnaires, c'est pas très excitant. C'est pas comme avant, dans mon autre vie. Et toi, dis-moi ce que tu es devenu?

– Eh bien! je suis fonctionnaire!

– J'en rate jamais une. J'ai vraiment le don de mettre les pieds dans le plat.

– J'ai travaillé pendant plusieurs années pour un fabricant de chaussures qui a fermé à cause de la concurrence des pays asiatiques, poursuit Marcel. J'étais directeur de la production. Forcément, j'ai dû me recycler. L'avenir dans ce secteur était plutôt incertain. Je demeure maintenant en banlieue de Québec. J'occupe un poste de directeur adjoint dans une division du ministère de l'Industrie et du Commerce. Je ne veux pas entrer dans les détails de mon emploi; ça ne t'intéresserait sûrement pas. Comme tu dis, le travail de fonctionnaire, ça n'a rien d'excitant.

Robert encaisse la remarque en esquissant une moue coupable.

– Côté famille... Eh bien, je suis marié à la même femme depuis plus de vingt-cinq ans. Nous avons trois grands enfants. Mélanie, c'est l'aînée, poursuit des études en droit à l'Université Laval. À part ça, c'est la petite routine : métro, boulot, dodo, sauf qu'à Québec, c'est l'autobus.

– Moi, je mourrais! interrompt Robert. Il faut dire que ma vie a été mouvementée, des défis, des risques, du danger.

Marcel semble retrouver les caractéristiques du garçon volubile, bavard même, qui interrompait tout le monde en classe et ailleurs, y compris le professeur. Pourtant, sa forte personnalité l'emportait toujours, ou presque, et il arrivait à se rendre intéressant. Pourquoi en serait-il autrement cette fois-ci?

– Raconte-moi ça, reprend le fonctionnaire, sentant fort bien que la verve de son interlocuteur remplirait abondamment tous les moments de cette soirée qui s'annonçait plutôt terne.

– Je me suis jamais marié. Mon travail, si on peut dire, exigeait tout mon temps et toute mon énergie. Et puis, j'aurais pas pu me contenter d'une seule femme. Disons que j'avais pas l'âme d'une abeille attachée à sa reine; plutôt celle d'un papillon qui butine de fleur en fleur. J'ai beaucoup butiné dans ma vie. Et je butine encore...

Marcel a la confirmation que son rôle pour la soirée se limitera à celui d'auditeur. Et cela lui convient. Il n'a d'ailleurs aucune envie de raconter sa vie à cet ami retrouvé qui, somme toute, est devenu un monsieur Tout-le-Monde, un inconnu en quelque sorte. Seuls des souvenirs lointains et plutôt vagues les relient.

– Après mes études d'ingénieur, je me suis cherché un emploi. Ce que j'ai réussi à décrocher n'était pas très emballant. Un bureau au milieu d'une grande salle, des bruits assourdissants de machines à écrire, des coups de téléphone, un va-et-vient continuel... Un rôle de subalterne. De la paperasse pour alimenter l'appétit des patrons : des données, des mesures, des chiffres. Tu vois le portrait? Du neuf à cinq. Non, c'était vraiment pas pour moi. Je savais que je pouvais faire mieux que ça, dit-il en bougeant légèrement son verre comme pour appuyer son affirmation.

Il reprend son souffle en s'assurant du regard que Marcel suit bien la conversation. Satisfait de l'attitude de son auditoire captif, il poursuit :

– J'voulais pas commencer au bas de l'échelle et c'était tout ce qu'on m'offrait. Je me suis donc enrôlé dans l'armée, sûrement pas pour faire n'importe quoi, là non plus. Tu comprends que je voulais pas être un simple soldat. Tu me suis? Mon diplôme en génie civil m'a permis d'obtenir tout de suite un grade de sous-lieutenant dans une brigade spéciale en formation. J'ai d'abord subi un entraînement intensif et pénible pour devenir un commando d'élite prêt à intervenir à moins d'une heure d'avis dans les situations les plus difficiles.

Il inspire longuement et reprend :

– La préparation de cette unité n'avait rien du scoutisme même si, la plus plupart du temps, nous couchions sous la tente, presque jusqu'au pôle Nord. Plusieurs mois de suite. Nous avons appris à vivre ensemble et à nous entendre avec toutes sortes de monde dans des conditions intolérables, à manger ce qu'on pouvait trouver. Nous avons marché jusqu'à l'épuisement, à l'écœurement, dans les bois, les montagnes Rocheuses et même dans les déserts d'Afrique et d'Australie. C'est à peine si un candidat sur quatre a pu passer au travers. Ceux qui ont réussi en sont sortis d'autant plus forts. Invulnérables ! Y avait rien que des gars dans l'équipe. À l'armée, les filles n'étaient jamais exposées aux dangers dans ce temps-là. Les choses ont bien changé depuis et je suis pas sûr que c'est une bonne chose, dit-il en véritable macho.

C'est à peine si Robert parvient à respirer tant il est accaparé par son récit. Marcel l'écoute avec un intérêt mitigé, faisant tout de même bien attention que l'autre ne s'en aperçoive pas. Il se rend compte que son interlocuteur, raconteur talentueux, extroverti et un peu vantard, amplifie passablement les choses. Cependant, il acquiesce de gestes bienveillants : il fronce les sourcils, lève les épaules, hoche la tête ou exprime un *oh* conciliant. Ces manifestations semblent satisfaire pleinement le narrateur.

– Ensuite, on nous a confié des opérations délicates, comme on disait dans le milieu. C'était souvent de la sale besogne cachée au grand public. Il fallait la faire, et nous la faisions. Et c'était pas toujours joli. La guerre, c'est jamais bien bien joli. Quinze ans, même plus que quinze ans à vivre presque en marge de la société, et pas trop mal payé par le gouvernement, par-dessus le marché. Notre unité faisait officiellement partie de l'armée, mais nous travaillions surtout en dehors des activités militaires régulières. Nous avons même opéré souvent pour le compte d'autres pays. Des pays amis... Bien entendu !

Robert reprend son souffle un instant.

– C'est incroyable ce que nous avons fait. Parfois j'en ai presque honte, et pourtant j'ai adoré ce métier. Des actes franchement illégaux, parfois même immoraux. Et on nous tenait pas responsables des écarts de conduite en pays étranger pourvu que personne le sache. Les choses ont bien changé depuis ce temps-là, surtout depuis les bavures du corps des parachutistes en Somalie. Maintenant, les militaires marchent avec les fesses serrées et le corps bien droit.

Marcel approuve d'un geste de la tête, tout en étant intrigué par l'importance de l'engagement de son ancien ami. Il se souvient de lui comme d'un garçon fantaisiste, et même un peu roublard, mais il arrive mal à imaginer qu'il puisse avoir eu les qualités nécessaires pour réussir dans une carrière aussi exigeante.

– Tu sais, poursuit Robert, des hommes à qui on donne autant de liberté d'action peuvent facilement en abuser. Et c'est ce qu'on a fait... Trop souvent. Tu comprends bien que l'ennemi d'en face avait pas plus de scrupules que nous. Alors, pourquoi nous gêner? Ç'a pas été sans conséquence sur notre comportement dans la vie civile. Parce qu'on avait quand même une vie civile. Surtout dans nos rapports avec les femmes. Tu vois ce que je veux dire? Une fois, oui, une seule fois j'ai failli me faire prendre dans les filets d'une femme. Une petite Vietnamienne! Belle à faire rêver... Je suis venu à deux doigts de tomber en amour avec elle. Ça aurait mis fin à mes activités de commando. Pas parce que c'était défendu de se marier ou de demeurer avec une femme, tout simplement parce que j'le voulais pas. J'aurais pas voulu la compromettre.

Et Robert énumére, avec force détails, les pays où il a *travaillé*, les missions périlleuses où il a risqué sa vie, les coups d'éclat en cours d'opérations et auprès de jolies femmes. Il regarde Marcel, soudain visiblement intéressé, puis entreprend le récit d'une aventure qui l'a touché plus dramatiquement que les autres.

– Un soir, dans la bande de Gaza, je dirigeais un petit groupe. Nous avions profité de la noirceur pour nous introduire dans un bureau des Services secrets palestiniens. Notre équipe était entraînée pour ce genre d'opération. Il fallait trouver de l'information pour infiltrer une cellule du Hamas considérée comme dangereuse par Israël. Nous avons été surpris au fond d'une ruelle en revenant. Un vrai piège à loups!

Il s'arrête, semble hésiter, et continue.

– Nous avions pourtant pris toutes nos précautions. Nous étions sûrs que personne nous avait suivis. Nous portions tous une barbe noire et nous étions habillés en civil. Quelqu'un avait-il pu nous dénoncer? Qui? Je le sais pas et je le saurai jamais. Peut-être personne, juste le hasard.

Il s'arrête à nouveau, tendu, comme inquiet, presque pantelant, comme si quelque chose pouvait encore lui arriver.

– Une poignée d'hommes est apparue à l'entrée de la ruelle, équipés de kalachnikovs. Ils regardaient de notre côté. Ils nous apparaissaient clairement, à la faveur des lampadaires de la rue. Eux ne pouvaient pas nous voir, nous en étions certains. Et pourtant, ils devaient bien se douter qu'il y avait quelqu'un là. Autrement, pourquoi avoir pointé leurs armes dans notre direction? La consigne était de rester immobiles et muets tant qu'il y avait du danger. Comme ça arrive toujours dans les mauvais films, un des gars a dû mettre le pied sur quelque chose, je sais pas quoi. Un petit bruit a attiré l'attention du groupe armé. Tout d'un coup, ils se sont mis à tirer. Deux courtes rafales, rien que deux. Impossible de riposter, car nous avions seulement des armes de poing, totalement dérisoires à ce moment-là. Ils étaient trop loin. Pas question de traîner des mitraillettes pour notre genre de mission. De toute façon, il était défendu, coûte que coûte, de révéler notre présence. Ça aurait compromis toute l'opération. Y fallait que ça demeure secret. Nous sommes restés complètement silencieux malgré les blessures. Après quelques secondes, nos assaillants ont été pris en chasse par une patrouille de l'armée israélienne. Sans leur intervention, je crois bien qu'on était faits comme des rats. J'avais reçu une balle entre l'épaule et le thorax, juste ici, dit-il en montrant du doigt l'endroit de la blessure, et une autre m'avait fracassé l'os du bassin; mes premières et mes dernières vraies blessures. J'ai passé trois mois à l'hôpital et deux ans en réhabilitation pour réapprendre à marcher. Je traîne encore de la patte droite. L'armée, c'était bien fini pour moi.

Marcel regarde discrètement sa montre. Robert, habitué à repérer les moindres gestes de ce genre, se ravise.

– Y'é pas déjà dix heures et demie? s'exclame-t-il. Et j'ai parlé tout ce temps-là!

– C'était très intéressant, répond le fonctionnaire qui avait finalement succombé au talent exceptionnel du conteur. Il s'en est passé des choses, depuis l'école Saint-Frédéric à Drummondville.

– Drummondville! s'exclame Robert, interloqué. J'ai jamais mis les pieds à Drummondville.

– Comment, tu n'es pas Robert Meunier, tu ne te souviens donc pas du frère Gervais?

– Non! Je suis Robert Dagenais d'Amos en Abitibi, répond-il en s'esclaffant, se rendant bien compte de la méprise.

– On n'est pas nous! réplique Marcel étouffé de rire. Moi, c'est Marcel Laferté. Qui croyais-tu que j'étais?

Un instant d'hésitation puis, d'un geste exagéré de la tête, les deux nouvelles connaissances se saluent en disant simultanément : « Enchanté ».

La tourterelle

UN BRUIT SOURD vint interrompre leur déjeuner. Lucette et Hugo se précipitèrent dans le boudoir éclairé par une grande fenêtre donnant sur le jardin. Un oiseau y avait laissé l'empreinte de son aile. Il se débattait péniblement dans la neige. La vitre qui reflétait le ciel représentait un risque pour les oiseaux attirés par les mangeoires bien remplies de graines de chardon et de tournesol. Certains d'entre eux, leurrés par le mirage d'un horizon nouveau, volaient ainsi vers des blessures le plus souvent légères, parfois mortelles. C'était presque toujours des sizerins, des chardonnerets ou des geais bleus. Mais cette fois, il s'agissait d'une tourterelle triste. C'était au début de mars. Une épaisse couche de neige fraîche recouvrait toute la nature et rendait difficile l'accès à la nourriture. Les oiseaux étaient fébriles et désorientés par les tourbillons blancs. Pas surprenant que l'un d'entre eux se soit précipité vers son malheur.

Sans hésiter, Hugo avait passé un blouson et chaussé des bottes pour venir à la rescousse de l'animal dont l'aile gauche était fracturée. Elle pendait inerte, malgré les efforts que faisait l'oiseau pour s'envoler. Désolant spectacle! Le premier réflexe avait été de mettre fin à ses douleurs. Il aurait suffi de si peu. Mais après l'avoir tenue dans ses mains, senti les battements de son cœur affolé, il répugnait à Hugo de le faire.

Avec mille précautions, mais aussi beaucoup de maladresse, le sauveteur a tenté de replacer l'aile à l'aide d'une bande de tissu qui paralysait ses ébats. Il se rendait compte que son intervention improvisée ne suffirait pas à guérir l'aile cassée. Un coup de téléphone à un ami vétérinaire l'avait vite mis sur la piste pour réduire la fracture. Il lui offrit même une cage en guise d'hôpital. Avec l'aide de sa femme, Hugo réussit à fixer de fines éclisses qui assuraient le maintien dans la position adéquate des os fracturés et immobilisait les deux ailes à l'aide d'une bande de tissu enroulée autour du corps de l'oiseau.

Ils étaient fiers de l'opération qui allait aider ce petit être frêle à retrouver sa liberté. Sans vouloir vraiment se l'avouer, ils espéraient aussi s'en faire un ami, l'apprivoiser, bâtir un pont qui permettrait de franchir l'immense fossé qui sépare les deux réalités. Dans un sens, ils auraient aimé qu'il y ait une suite à cette rencontre, comme un fil qui les relierait, une sorte de domestication amicale. Utopie bienveillante ou désir inavoué de domination?

Le pensionnaire s'accommodait plutôt mal du traitement qu'on lui faisait subir. La faim vint à bout de son entêtement. Sautillant et trottinant au fond de sa prison, l'oiseau se déplaçait de la trémie improvisée à la petite gamelle remplie d'eau. Puis il retombait dans une torpeur que seule la présence des humains dérangeait. Il se mettait alors à crier, à se débattre pour se dégager de sa camisole de force. Il serait mort épuisé avant de se calmer si l'intrus ne s'en allait pas. Les interventions, qui donnaient toujours lieu à des scènes pénibles, étaient donc réduites au minimum.

Il fallut attendre près d'un mois avant que la nature complète la guérison. Le jour venu, Lucette et Hugo entreprirent de défaire le bandeau pour libérer les éclisses tout en retenant fermement l'oiseau pour éviter les mouvements regrettables. Les mains de l'homme, énormes par rapport au petit malade, étaient de très mauvais outils pour ce travail délicat. C'est donc Lucette qui se chargea de la tâche de dégager les ailes, les déployer délicatement, vérifier l'état du membre blessé. Pendant tout ce temps, l'oiseau demeurait immobile, soumis, comme abandonné à un prédateur. L'opération semblait avoir réussi, mais comment pouvaient-ils être sûrs du rétablissement de l'organe et de son bon fonctionnement à l'air libre? Laissé dans la cage, le convalescent se serait sûrement blessé en virevoltant. Il n'était pas question non plus de le laisser libre dans la maison. Dehors, le printemps tardait à venir.

Après tout ce travail, leurs efforts allaient-ils s'avérer inutiles? Ils durent se résoudre à confier à la nature de l'animal le soin de retrouver sa capacité de voler. Projeté en l'air, il étendit les ailes avec des mouvements incertains, plongea un instant puis se redressa comme si rien ne s'était passé. Puis il alla rejoindre ses congénères sous les mangeoires. Une tourterelle au sein du groupe s'approcha et les deux se collèrent tête contre tête, bec contre bec, comme deux amoureux qui se retrouvent. La volée s'élança ensuite, tournoya autour de la maison et entre les grandes épinettes puis revint à son point de départ. Le rescapé se confondit dans le groupe et la vie reprit son cours. Pendant longtemps, Lucette tenta de reconnaître son protégé parmi les autres. Peine perdue. L'oiseau avait retrouvé toute sa liberté.

Le cri

LE PETIT LAC de montagne était calme en un bel après-midi de mai. Le canoë glissait lentement sur la surface à peine ridée par une fraîche brise. Quelques coups de pagaie, un arrêt pour lancer la mouche, puis l'attente en retirant lentement l'appât.

Les truites n'étaient pas voraces. Alertées par les claquements de queue d'un gros castor qui ne tolérait pas l'invasion de son territoire, elles attendaient que la menace s'éloigne.

Soudain, un cri au cœur de la forêt ! Un fort hurlement que l'écho renvoyait de montagne en montagne telles les harmoniques des grandes orgues d'une cathédrale. Une autre meute répondit et le dialogue se poursuivit.

– Veux-tu que je les appelle ? demanda le guide.

– Pourquoi pas ? répondit le vacancier.

L'imitation était à faire dresser les cheveux sur la tête. Les bêtes se turent et la routine des pêcheurs recommença sans grand succès. Avec ou sans poisson, l'excursion comblait les deux amants de la nature.

Un mouvement dans les fardoches sur la rive, à quelques dizaines de mètres de l'embarcation, attira l'attention.

– Ils sont là, dit le guide sans la moindre émotion. Veux-tu que nous approchions ?

– Non !

Les ombres s'allongeaient sur le lac et l'appétit des pagayeurs se creusait. Le moment était venu de prendre le chemin du retour. La meute qui avait choisi le seul endroit accessible au canoë était encore là. Le mouvement des buissons trahissait leur présence.

– Ils s'éloigneront dès que nous approcherons, dit le guide, voulant se faire rassurant.

Mort de peur, le pêcheur inexpérimenté le suivit après avoir récupéré les lignes et les deux truites. Le colosse avait déjà fait basculer d'un seul coup l'embarcation au-dessus de sa tête. À pas lourds les excursionnistes regagnèrent leur voiture à quelques centaines de mètres.

Les loups, observateurs discrets, demeuraient les maîtres de la forêt.

La harpe

Du bout des doigts, Bérénice frôlait distraitement les cordes de sa harpe. Les arpèges surgissaient spontanément de ses mains. C'était devenu une seconde nature, sa façon de rêver, de penser, de respirer.

Elle avait, pour ainsi dire, épousé cet instrument dès son enfance et, depuis, elle ne formait qu'un seul corps avec lui. Serrée contre le torse d'acajou, elle avait tant de fois été comblée d'émotions les plus diverses et les plus fortes. Son cœur vibrait au rythme des battements de ses notes cristallines dès qu'elle l'étreignait pour exécuter un concerto, une sonate, ou tout simplement une pratique solitaire. Cette union était la conséquence de l'insistance irrésistible de sa mère qui y voyait le moyen de réaliser, en sa fille, un rêve qu'elle avait toujours caressé.

L'artiste était allée de succès en triomphes. Après ses débuts fulgurants avec l'Orchestre du Centre national des Arts à Ottawa, elle avait étudié à Paris avec de grands maîtres. De là, le monde s'était ouvert tout grand à elle.

Sa harpe était devenue un mode de vie qui allait de soi. Jamais elle ne s'était sérieusement posé de questions concernant son avenir. Elle demeurait toujours chez sa mère où elle retrouvait sa chambre et son studio après chaque tournée de concerts. Cloîtrée dans son sanctuaire doré, elle n'avait jamais envisagé de se marier. Elle s'accommodait volontiers des avances attentionnées des hommes qu'elle rencontrait et ne dédaignait pas non plus les flirts parfois osés de certains prétendants. Mais l'idée d'établir une relation stable et continue, et surtout les conséquences qui y seraient rattachées, lui répugnait.

Assise à son instrument, en cet après-midi de fin janvier, où le soleil frileux traversait à peine une couche de nuages, elle était perplexe et songeuse, passant en revue les événements bouleversants des derniers jours.

Elle était revenue la veille de New York, où elle avait donné une série de concerts. Comme toujours, elle avait brillé dans l'exécution du concerto de Boieldieu, une pièce qui lui allait parfaitement. Quelque chose de nouveau était cependant survenu durant sa dernière tournée, et qui avait remis en cause certaines de ses valeurs. Avant de se rendre dans la métropole américaine, en revenant d'Australie, elle s'était arrêtée quelques jours à Hawaï pour y prendre des vacances sur les plages près d'Honolulu. Le soleil, la mer et la vie facile lui convenaient à merveille. Elle ne prévoyait cependant pas y rester longtemps à cause d'engagements pour une série de concerts à Carnegie Hall.

Allongée sur un transat et protégée par un parasol, elle avait été interpellée par un hurluberlu qui lui avait offert de lui enseigner l'art du surf. Les énormes vagues poussées par le vent et la marée montante portaient comme par magie des dizaines de planchistes qui venaient s'échouer sur la plage ou étaient engloutis un moment par les gigantesques crêtes qui se repliaient sur eux.

Eric lui était apparu à la fois beau et insolent, dieu des plages, éternel adolescent aux cheveux blonds; un mélange de cabotin, de voyou et de don Juan basané au sourire provocateur. Il n'avait pas insisté devant l'hésitation de la dame et était allé offrir ses services ailleurs.

Bérénice, grande, mince et aux cheveux châtain clair, que ses quelque quarante ans n'avaient qu'embellie, attirait facilement les regards masculins. Mais son air austère n'était pas de nature à encourager les avances galantes.

Après un moment en vadrouille et quelques tours de surf, l'instructeur improvisé revint auprès d'elle. Son attitude réservée n'était pour lui qu'un défi qu'il ne tarda pas à relever. Il avança une chaise près de la sienne et entreprit une conversation. Décidément, il était curieux, ce malappris dont l'accent trahissait son origine européenne. Ses questions indiscrètes se succédaient sans vraiment attendre de réponses. Après quelques minutes de conversation sans importance, il saisit la main de la dame pour l'entraîner vers l'eau. Elle ne sut résister à cette invitation insistante et vigoureuse. Voulait-elle vraiment résister? Un désir d'aventure à peine réprimé s'empara soudainement d'elle. À quelques pas derrière le jeune apollon, elle courut vers la mer comme une gamine un jour de congé. C'était merveilleux et tout nouveau pour elle de patauger dans cette eau toujours en mouvement, de plonger dans les vagues qui venaient vers elle et de ressentir ensuite sur ses jambes les effets du ressac. Après une vingtaine de minutes de cet exercice, elle feignit un malaise à une jambe et se dirigea vers sa chaise. Sans hésiter, le jeune homme la souleva de terre, la pris dans ses bras malgré ses timides protestations et la ramena en riant. Cette dernière audace était tout à fait déplacée, mais tellement agréable.

Le soleil disparaissait à l'horizon et la nuit tombait rapidement. Sans même s'asseoir, Bérénice récupéra ses choses près de la chaise et s'en alla à l'hôtel sans répondre au jeune homme qui voulait la revoir en soirée. Elle avait tant de choses à faire; son avion partait très tôt le lendemain. Dans sa chambre, elle rangea la plupart de ses vêtements dans la grande valise, se réservant la petite qu'elle bouclerait au moment de partir. Elle prit une douche tiède, passa sa robe de chambre et s'étendit sur son lit. Elle se mit à rêver. La petite aventure qu'elle venait de vivre avait été plutôt agréable quoique sans lendemain pour plusieurs raisons évidentes. Après un long moment où elle sombra dans un demi-sommeil, elle se leva, se maquilla et enfila une longue robe de taffetas vert pâle. Elle était prête pour le dîner.

À peine s'était-elle assise à une table qu'Eric apparut à la porte qui donnait sur le bar. Il se dirigea vers elle en souriant. Élégamment vêtu d'un costume beige clair, il n'avait rien du galopin de la plage. Dans la salle faiblement éclairée, il fallut un moment à Bérénice pour le reconnaître. Il vint s'asseoir près d'elle et fit signe au serveur d'apporter du vin et le menu. La dame demeura interdite un moment devant l'assurance désinvolte de son jeune compagnon, mais décida, encore une fois, de se plier à ses fantaisies.

Le repas se prolongea jusqu'au moment où l'orchestre hawaïen commença à jouer. Bérénice, qui tombait sous le charme du beau Norvégien, accepta volontiers d'aller danser. La soirée s'écoula ainsi, agréable, enivrante. Au moment où elle partit se retirer pour la nuit, il la suivit galamment et s'arrêta à sa chambre. Il la prit dans ses bras et lui offrit ses lèvres qu'elle ne dédaigna pas. Leurs brèves étreintes devenaient passionnées. Au moment de passer le pas de la porte, elle hésita un moment devant l'insistance polie du galant, puis lui signifia qu'elle entrerait seule.

Assise sur son lit, elle demeura un peu abasourdie par tout ce qui lui était arrivé. Puis elle se leva et se précipita dans le couloir pour rattraper l'Adonis qui avait disparu. Elle s'enhardit et redescendit dans la salle où l'orchestre jouait encore pour quelques danseurs retardataires. Il n'était pas là. Déçue, elle remonta dans sa chambre et, sur un coup de tête, téléphona au bureau d'American Airline pour retarder d'un jour son voyage, peut-être même davantage. Elle appela ensuite son impresario pour lui dire qu'elle ne participerait pas à l'avant-première avec l'orchestre philharmonique. Elle laissa même planer un doute quant à sa présence pour le premier concert prévu trois jours plus tard. Un substitut devrait alors être désigné. «Tant pis!»

Le sommeil tarda à venir et la musicienne demeura au lit tard l'avant-midi. Au réveil, un petit sentiment de culpabilité l'envahit. Cela lui plut énormément. Pour la première fois, elle avait fait quelque chose de complètement irrationnel. Elle pensait même devenir amoureuse. Après sa toilette, elle enfila un peignoir de satin et descendit à la salle à manger presque déserte à cette heure. Il n'y était pas. Croissant et café au lait, puis elle remonta, déçue. Elle décida de prendre l'initiative, passa une tenue de plage et se dirigea vers la terrasse protégée du soleil déjà torride à onze heures. Elle regarda autour d'elle. Il n'était pas là. Elle marcha ensuite lentement vers la plage et prit place dans une chaise longue. Éric demeurait introuvable. Au bureau de l'hôtel, on lui dit qu'il était parti au milieu de l'avant-midi.

Songeuse, un peu désemparée, elle cesse de jouer, s'éloigne de son instrument et se lève. Est-ce cela être amoureuse? Veut-elle donner suite à cette aventure? «Il était tellement merveilleux et si jeune!» Elle regarde sa harpe... Elle hésite un long moment, reprend place sur son tabouret, se penche sur le cadre, étend les bras pour atteindre les notes graves et, avec un grand sourire de contentement, fait vibrer les cordes en longues vagues successives, puis doucement, comme dans une prière, elle égraine les notes envoûtantes de l'adagio de son concerto favori : *si si la la sol... fa...*

Le plancher bien ciré

– MAIS ENTREZ DONC, s'exclama Alice, sortie sur le perron. Déchaussez-vous pas, c'est pas mal frais pour les pieds à terre. Surtout, regardez pas le plancher, j'ai pas encore fait mon ménage.

Joli mensonge inspiré par son hospitalité bien typique des gens de la campagne de ce temps-là. Cette femme vaillante avait passé des heures à frotter à la brosse de chiendent et au savon du pays les planches de pin noueux jusqu'à ce qu'elles prennent une couleur de miel. Elle avait ensuite appliqué une couche de cire en pâte que les patins de laine sous les pieds des enfants avaient fait briller.

En même temps qu'une bourrasque de neige mêlée de quelques feuilles mortes s'engouffrait par la porte ouverte, la famille de son frère Oscar faisait irruption dans la cuisine. Infailliblement chaque année, tard à l'automne, il venait de la grande ville avec les siens pour rendre visite à sa soeur avant que la neige ne rende les chemins impraticables. Il ne repartait jamais sans avoir fait ample provision de pommes de terre, navets, carottes, choux et autres produits de la ferme dont il remplissait à ras bord le coffre de sa familiale poussive. Il devait même mettre les pommes sur le toit dans des cartons solidement attachés au châssis de la voiture. C'était aussi la coutume qu'Alice leur donne, juste au moment de partir, une grosse pièce de porc gelé, bien enveloppée dans plusieurs feuilles de papier journal, ficelée et conservée dans la manne à grain sous le fenil.

Sans hésiter, la maîtresse de maison se mit en frais de prendre à pleins bras les paletots, parkas, tuques, foulards et mitaines que les invités lui remettaient pêle-mêle.

– Les enfants! Venez m'aider un peu, cria-t-elle, la visite est arrivée.

La pièce fut vite remplie d'adultes et d'enfants qui échangeaient des bisous à profusion.

– François, dit la mère, va donc dire à ton père de se dépêcher de finir son train.

– Non, laisse faire, fit Oscar d'un ton de fanfaron, je vais aller l'aider, ça me rappellera mon jeune temps. Y va voir que j'ai rien oublié, continua-t-il en reprenant ses vêtements déjà pendus à un crochet sous l'escalier abrupt menant aux chambres des garçons.

– T'es pas habillé pour ça, Oscar, tu vas tout te salir, fit remarquer Alice.

– Voyons donc! C'est pas la première fois que je vas soigner les vaches et cliner le daleau. J'ai rien qu'à faire attention.

Sur ces mots, il endossa son paletot de gabardine, remit son chapeau Stetson et ses gants de cuir, puis referma la porte derrière lui.

– Y changera jamais, fit remarquer Lucille. Yé toujours aussi vaillant et orgueilleux par-dessus le marché.

Les rayons du soleil inondaient la pièce de teintes chaudes et, du poêle à bois, émanaient des arômes de ragoût et de rôti de porc. Près de la pompe à eau, attendaient trois épaisses tartes à la farlouche et aux pommes et au sucre du pays. Sur le réchaud de la cuisinière trônaient quatre grosses «fesses» de pain encore chaud.

Tout s'organisa dans la maison sans que personne ait à donner de directives. Les cinq enfants nouvellement arrivés formèrent des petits groupes, selon les âges, avec la marmaille déjà sur place. Alice et Lucille s'assirent à la table pour siroter une tasse de thé avant d'entreprendre la dernière étape de la préparation du repas.

– J'en reviens pas de voir comment ta maison est toujours propre, fit remarquer Lucille. Ça doit pas être facile avec tes sept petits. Et le travail aux bâtiments à part de ça!

– C'est pas si net que ça, répliqua l'hôtesse avec une moue qui cachait mal sa fausse modestie.

Ce compliment la faisait frémir d'orgueil, mais elle dissimulait assez mal l'envie qu'elle éprouvait envers sa belle-sœur de la ville qui faisait souvent état de toutes les commodités de sa maison. L'électricité avec tous les accessoires modernes pour lui faciliter la tâche, l'eau courante froide et chaude dans la cuisine et la salle de bain, le chauffage à l'huile pour éliminer les salissantes corvées du bois, voilà autant de choses auxquelles elle ne pouvait même pas rêver.

– Des fois c'est tout à l'envers, enchaîna Alice, surtout quand les enfants reviennent de l'école. Il faut bien faire le ménage une fois de temps en temps, autrement, on se r'trouverait plus.

Les deux femmes ne voyaient pas le temps passer tellement elles avaient de choses à se raconter. Revenue à la réalité, la maîtresse de maison se rendit compte que l'heure du repas était arrivée.

– Qu'est-ce qu'y font donc les hommes? Va-t-y falloir que j'aille les chercher?

Elle se dirigea vers le poêle pour vérifier la cuisson des légumes pendant que Lucille mettait de l'ordre dans le tas de bagages qui encombraient encore la place.

– Les enfants, allez vous laver les mains, ça va être le temps de manger.

À cause du grand nombre de convives lorsqu'il y avait des invités, les plus jeunes mangeraient les premiers, et puis les plus vieux avec les parents. C'était la coutume et aussi un insigne privilège qui démarquait les petits des grands. Les enfants attendaient avec impatience le moment lointain où ils atteindraient l'âge qui leur permettrait d'y accéder.

– Mais qu'est-ce qu'ils font? s'impatienta Alice en regardant du côté de la fenêtre.

Au même moment, des vociférations se firent entendre de l'extérieur. Des paroles plus appropriées à la liturgie qu'à la production laitière se mêlaient à des allusions répétées aux excréments d'animaux. Lucille sursauta en reconnaissant la voix de son mari.

– Qu'est-ce qui est arrivé?

Elle ouvrit la porte et laissa entrer Oscar tout maculé de fumier. Les explications étaient superflues.

– Pauvre vieux, dit-elle toute penaude, je pense ben qu'y va falloir que tu t'déchausses.

Personne n'éprouva le besoin de commenter la mésaventure qui venait d'infliger une sévère entorse à la fierté du citadin. Ce dernier se dirigea sans mot dire vers la toilette après avoir laissé tomber son paletot par terre près de la porte.

Les dernières lueurs du soir s'estompaient à l'horizon pendant que la maison s'animait des rires des grands et petits assemblés au tour de la table.

Siméon

COMME LES DEUX années précédentes, Siméon Bégin était parti, armé de sa hache bien aiguisée et de son *bucksaw*. Il avait dix-neuf ans.

L'automne, dès la récolte rentrée et les labours terminés, il se joignait à des hommes et des garçons de la région pour se rendre au chantier de la Fraser Lumber au pied des Appalaches, près de la frontière des États-Unis. À la petite gare du village voisin, le groupe montait dans un *boxcar* du train de la Grand Trunck Railway Company. Assis par terre, sans le moindre confort, les voyageurs parcouraient environ une trentaine de kilomètres à petite vitesse. Il leur fallait ensuite marcher pendant près d'une heure pour arriver à destination.

Le temps était magnifique et les feuilles commençaient à se colorer de jaune et de rouge. Le jeune homme costaud et frondeur n'avait pas voulu s'encombrer de vêtements pour l'hiver. Il s'était dit : « Je reviendrai par le train à la fin de novembre comme l'année passée. Ça sera bien assez tôt. » Il aurait alors l'occasion de faire laver son linge, se repaître de la nourriture de sa mère et surtout, revoir Adèle Carrière, la fille du voisin, qu'il trouvait « pas mal avenante »

La vie au chantier se résumait à trois choses : bûcher, manger et dormir. Debout avant le lever du soleil, les hommes prenaient un copieux déjeuner composé de grillades de lard salé, parfois d'œufs frits, de crêpes arrosées de sirop d'érable ou de mélasse, le tout accompagné de thé noir, fort et amer.

Répartis en équipes de huit à dix, les hommes se rendaient à leur lieu de travail. D'énormes épinettes tombaient alors sous les dents des godendarts. Les troncs ébranchés étaient ensuite coupés en billots de douze pieds, prêts pour la scierie. La partie du faîte, plus petite, et les arbres chétifs étaient débités en pitounes de quatre pieds destinées au « moulin à papier ». La chaleur générée par le corps des travailleurs était leur meilleure arme contre le froid.

La neige se mit à tomber, abondante, dès la deuxième semaine de novembre. Le *jobber* jubilait en la voyant arriver aussi tôt. Cela hâterait le transport du bois effectué à l'aide de traîneaux tirés par des paires de chevaux. Le froid intense et précoce envahit le pays. Siméon réussit à emprunter quelques vêtements chauds de ses camarades, mais cela ne pouvait durer bien longtemps. Il décida donc de devancer son voyage. Ne pouvant prendre le train qui ne passerait que la semaine suivante, il dut se résigner à faire le trajet à pied. Près de huit heures de marche. Le frère d'Adèle, Édouard Carrière, un garçon du même âge que Siméon, accepta de l'accompagner.

Les deux lascars prirent congé le samedi et partirent de bon matin. Le soleil réussissait à peine à dégourdir la nature qui s'éveillait d'une nuit glaciale. L'estomac bien rempli, ils se rendirent d'un pas alerte à la voie ferrée et s'engagèrent dans la longue piste. Ils reviendraient le lendemain de la même façon.

La nuit était déjà tombée lorsque Édouard Carrière entra chez lui. Épuisé et confus, il se mit à gémir : « Siméon est mort! C'est de ma faute... » Puis il s'affaissa près de la porte. Sa mère se précipita vers lui.

– Faut pas dire des affaires de même, fit-elle en lui relevant la tête. Henri! Va chercher ton père à l'étable.

Napoléon Carrière arriva à la course.

– Qu'est-ce qui s'est passé?

– Pose-lui pas de questions, tu vois bien qu'y est pas capable de répondre.

Édouard sursauta et se mit à marmonner : « C'est de ma faute si y-é mort. J'aurais pas dû le laisser tout seul. »

– Calme-toi, mon gars, ça se peut pas. Étiennette, va chercher quelque chose de chaud. As-tu du thé sur le poêle?

Le garçon reprit ses sens, se leva et alla s'asseoir à la table. Puis il se mit à raconter qu'il avait accepté d'accompagner Siméon, qui avait besoin de vêtements d'hiver.

– Y faisait beau quand on est partis à sept heures, mais c'était pas mal frette. Vers dix heures y-a commencé à neiger. Et pis y s'est mis à venter. Un vent du nordet. À un moment donné, y devait passer une heure, Siméon m'a dit comme ça : « J'suis pas mal fatigué. Pars en avant. Je vas me reposer un peu et j'te rejoindrai en courant. » On marchait sur les dormants dans six pouces de neige. À côté, c'était pas marchable.

Informé du drame, le père de Siméon fit irruption dans la maison en disant : « Que cé qui s'passe ? Où est-ce qu'é Siméon ? »

– J'aurais jamais dû le laisser faire, continua le jeune homme en ignorant le voisin. J'ai continué de marcher. Je regardais souvent en arrière pour voir si y me suivait, mais je le voyais toujours pas. Après un bon bout de temps, j'ai décidé de retourner de bord. J'commençais à être pas mal inquiet. J'avais le vent en pleine face et j'voyais presque rien. Y avait déjà des bancs de neige hauts comme ça sur le bord de la *track*. J'ai tout fouillé avec mes mains et mes pieds pendant une bonne heure...

– Énerve-toé pas, lui dit son père, prends ton temps.

– C'était pas facile. Pi, j'suis arrivé à la place où y s'était arrêté. Je suis pas mal sûr que je me rappelais où c'était. J'ai tout bouleversé la neige. J'ai jamais été capable de le retrouver.

Édouard se mit à sangloter.

– C'é toé qui l'as tué, mon petit maudit, s'écria le père de Siméon, ahuri. J'vas te faire arrêter par la police et tu vas finir au bout d'une corde.

– Calme-toé Gédéon. Siméon a peut-être décidé de retourner au camp. Tu sais bien que mon gars est pas un tueur.

Une lueur d'espoir apparut dans les yeux d'Édouard. Puis, découragé, il dit faiblement :

– Y faisait tellement mauvais. C'était pas possible... Avec le vent en face.

Et le garçon se mit à pleurer en répétant :

– C'est de ma faute, c'est de ma faute...

Le lendemain, des hommes des alentours entreprirent une battue. Le temps était clair et le vent avait cessé. Ils marchaient péniblement dans la neige tassée par le vent. Vers midi, ils se rendirent à l'évidence : ils ne retrouveraient pas Siméon. Si par bonheur le jeune homme avait décidé de faire marche arrière, la nouvelle leur arriverait d'une façon ou d'une autre.

La semaine suivante, le chasse-neige devant la locomotive dégagea la voie. Aussitôt après le passage du train, Gédéon entreprit une expédition de recherche en traîneau à chevaux. Émile, son autre fils, Napoléon Carrière et Édouard, ainsi que quelques autres hommes se joignirent à lui. Ils passèrent tout le reste de la journée à sonder les bancs de neige. Peine perdue. Édouard continua à pied jusqu'au camp du chantier en apportant des vêtements d'hiver pour Siméon; au cas où... Il revint à pied le lendemain pour annoncer la mauvaise nouvelle.

L'hiver s'éternisa, enseveli dans un épais suaire blanc.

La police entreprit une enquête. On déploya des équipes pour fouiller à nouveau le long du chemin de fer dans l'espoir de retrouver le cadavre ou des indices. Édouard fut amené au quartier général. On l'interrogea pendant des jours. On fit peser sur lui la forte possibilité d'une accusation de meurtre. Ou celle de négligence criminelle pour avoir abandonné un homme dans la tempête. Gédéon, désespéré, chauffait à blanc les inspecteurs afin d'obtenir vengeance.

La nouvelle se répandit comme un éclair. Les journaux, heureux de remplir leurs colonnes, commentaient, blâmaient, accusaient, savouraient déjà une pendaison.

Au printemps, le conducteur de la locomotive remarqua une forme humaine prise dans la glace fondante. Recroquevillé en position fœtale, le cadavre ne portait aucune marque de violence. Ses vêtements et son sac à dos étaient intacts.

Malgré la médiation du curé, les familles Carrière et Bégin demeurèrent des ennemis irréconciliables. Les gens des alentours et du village se rangèrent dans l'un ou l'autre des deux camps. Le calme et la bonne entente en furent bouleversés dans toute la région. Il fallut plus d'une génération pour que ce drame ne devienne qu'un mauvais souvenir.

Les traces

DE PETITES MOTTES de boue sur l'asphalte devant la maison des Moisan. Rien de très inhabituel. Pourtant, cela intrigua Gilbert qui rentrait tard du bureau. Personne à la maison; sa femme était partie depuis trois jours pour rendre visite à sa mère. Seule la chatte vint se frotter contre ses jambes. Dans la cuisine, le répondeur téléphonique clignotait. Mais aucun message. Qui donc avait pu laisser ces traces insolites? Sûrement des gamins en revenant de l'école. Il n'avait pas faim; une généreuse collation durant une réunion de fin de l'année financière lui avait coupé l'appétit. Il mangea quand même un peu : un restant de rosbif froid, une pointe de tarte et une tasse de café en poudre. Perplexe, il sortit, empruntant la porte du garage qu'il laissa grande ouverte. La lumière éclairait le pavement, pas assez toutefois pour bien voir. Il revint muni d'une lampe de poche et commença à examiner la boue avant de l'enlever. Il semblait y voir les cannelures d'une semelle de botte de caoutchouc ou d'espadrille comme les adolescents portent même en hiver. D'un coup de balai il fit disparaître la terre. En se retournant, il vit à sa droite, près du petit trottoir menant derrière la maison, une autre trace semblable à la première. Il s'engagea sur le chemin de pied partiellement recouvert de neige fondante et trouva une troisième très distincte, provenant de la cour. Il y en avait nécessairement d'autres. D'où venaient-elles?

Gilbert alla enfiler des vêtements plus chauds et changea de chaussures. Transformé en Sherlock Holmes de banlieue, il se mit à explorer plus à fond l'énigme qui se présentait. L'itinéraire du rôdeur menait tout droit à la remise de jardin au fond de la cour, près du pommier. Les pas indiquaient un piétinement devant la porte, faisaient le tour du cabanon passant entre le mur et l'érable argenté, suivaient la haie derrière les pruniers et le cerisier, puis s'éteignaient dans la pelouse mouillée. Gilbert regarda autour de lui pour trouver l'endroit où il retrouverait la piste. Après un moment, grâce à la pleine lune, il revit des traces à sa gauche longeant les épinettes sur plus de cinquante mètres pour enfin aboutir dans la rue. Tout insolite que fût sa recherche, elle ne révéla aucun dommage ni même de tentatives d'effraction. Sans trop savoir pourquoi, il était presque certain que la promenade du rôdeur avait eu lieu en plein jour.

Le lendemain matin, avant de se rendre au travail, Gilbert alla vérifier ce qu'il avait vu la veille. Tout lui parut normal. Rendu au bureau, les idées lui trottaient sans cesse dans la tête. Qui avait eu un intérêt à explorer ainsi sa propriété?

Il rentra encore plus tard que la veille; une rencontre au bar avec des confrères, chose qu'il faisait rarement lorsque sa femme était là. Sans hésiter, il se précipita derrière la maison pour savoir si l'intrus de la veille s'était encore manifesté. Il avait pris soin d'apporter sa lampe de poche. Une fine couche de neige lui révéla tout de suite le trajet suivi par un homme; car il s'agissait bien d'un homme vu la taille des semelles. Encore une fois, c'est vers le fond de la cour que les pas se dirigeaient. Le rôdeur s'était longuement attardé devant et tout autour de la remise. Que pouvait-il y avoir là de particulièrement intéressant? La porte barrée n'avait pas été forcée. Il entra et jeta un coup d'oeil. Rien d'anormal. En revenant vers la maison, il remarqua des signes d'activité sur le patio près de la grande porte vitrée à l'arrière. Il y avait là de quoi s'inquiéter. L'exploration de l'intrus visait-elle à élaborer un plan de cambriolage? Il ne toucha à rien, surtout pas la poignée de la porte afin de préserver tout indice qui aurait pu identifier le malfaiteur potentiel.

Plutôt inquiet, il entra par la porte de devant et s'assura que les deux autres étaient bien verrouillées. Le téléphone sonna. Il répondit, mais tout de suite on raccrocha. Impossible de trouver la provenance de cet appel, l'auteur avait pris la précaution de soustraire son numéro du service de retraçage. Intrigué, il appela son fils. Ce n'était pas lui. De plus, il n'était pas venu dans la région depuis un bon moment. Il reçut une réponse semblable de sa fille qui lui affirma que les clefs de la maison et de la remise qu'il lui avait confiées étaient bien en sécurité et n'avaient pas bougé depuis longtemps. Le téléphone sonna de nouveau; personne au bout du fil. Ni les voisins ni les amis consultés n'avaient appelé. Aucun d'eux n'avait remarqué qui que ce soit furetant dans les alentours. Il fallait s'y attendre; tout le monde travaillait durant la journée, laissant le quartier dans la plus grande quiétude. Seuls les enfants revenant de l'école auraient pu apporter un éclaircissement. Rien de ce côté-là non plus.

La nuit fut longue et mouvementée. Dehors, une pluie fine faisait progressivement fondre la neige fraîche. Vers quatre heures, Gilbert fut éveillé par les aboiements nourris du berger allemand du voisin. Il se leva précipitamment et regarda par la fenêtre de sa chambre qui donnait sur la cour. La nuit était noire. Il lui sembla quand même voir une ombre se défiler derrière la remise. Il eut du mal à se rendormir et se leva très tôt. Avant même de faire sa toilette, il sortit, regarda autour de la maison sans rien y trouver d'anormal; la pluie avait effacé toutes les traces de la veille. Il se dirigea vers la remise, vérifia la porte. Des marques de boue sur la poignée toujours verrouillée. Une odeur subtile et bizarre semblait en sortir. La fenêtre portait, à l'intérieur, des graffitis indéchiffrables. Il entra. L'odeur se fit plus forte mais son origine demeurait inconnue. Les dessins dans le carreau avaient été faits avec de la boue encore humide. Rien d'autre n'avait changé depuis que les meubles de jardin avaient été rangés l'automne précédent. Il scruta sa mémoire en se demandant à qui il avait pu confier la clef de cette porte. Par terre, entre deux chaises de parterre, il vit une feuille de papier chiffonnée en boule. Il la prit, la défroissa et lut : « Poisson d'avril. »

Angèle

Eusèbe était célibataire malgré lui. Il ne pouvait comprendre pourquoi les filles ne le remarquaient pas. Cela ne l'empêchait pas de se vanter au bureau de ses flirts et même de ses conquêtes secrètes. Ce n'était là que le fruit de son imagination attisée par un désir constant et jamais satisfait. Il n'était certes pas l'homme le plus séduisant de la ville, mais il se considérait aussi beau et aussi intelligent que certains flagorneurs qui attiraient les femmes comme le fumier les mouches. Il occupait un emploi régulier, louait un petit appartement respectable quoique modeste et conduisait une voiture de modèle assez récent; tout ce qu'il fallait pour intéresser une personne sérieuse et désireuse de fonder un foyer avec lui. Mais il ne « poignait » pas. Et tout le monde le savait. Il était quand même sûr que son tour viendrait un jour et que la personne tant désirée se manifesterait au moment le plus inattendu. Comme dans les films d'amour.

Sa vie était rangée à la manière des rayons d'une bibliothèque; jamais d'imprévus, jamais de grandes émotions. Chez lui, tout était planifié, calculé, calibré. C'était peut-être cela qui lui avait conservé une allure d'adolescent guindé malgré ses trente-six ans.

Dès les premiers jours du printemps, lorsque le temps le permettait, le midi il allait manger son casse-croûte dans le parc à quelques pas de l'édifice où il travaillait. Son rituel était établi. Il choisissait toujours un banc sous les frênes, là où le plus grand nombre d'oiseaux venaient quémander leur nourriture. Il dépliait soigneusement une serviette dont la couleur variait selon les jours et son humeur, l'étalait à sa droite puis y déposait une boîte noire de type « boîte à lunch » des années cinquante. Venaient s'aligner une bouteille thermos, trois petits contenants en plastique et, du côté gauche, une boite de métal aux couleurs passées portant la marque de commerce « Planters Peanuts ». Elle était remplie de graines et autres victuailles destinées aux volatiles qui venaient l'accompagner pour son repas. Entouré de ses amis ailés, il commençait à manger lentement en faisant alterner les gorgées de café chaud ou de limonade avec les bouchées de légumes, de sandwichs ou de gâteau. Simultanément, il lançait des poignées de graines devant lui. Mine de rien, il reluquait toutes les belles et jeunes femmes qui déambulaient dans l'un ou l'autre des axes du parc. Il analysait leur démarche et leur apparence, les imaginait comme compagne possible et rêvait du jour où il rencontrerait l'être idéal. Mais rares étaient celles qui trouvaient grâce à ses yeux. Plus rares encore celles qui le remarquaient et rarissimes celles qui répondaient à ses timides sourires. Tout le monde connaissait Zeb et chacun se plaisait à lui adresser des remarques parfois sarcastiques qu'il encaissait de bonne grâce.

Un certain lundi, au moment où il établissait son campement provisoire, il aperçut de loin un être exceptionnel. Elle avait emprunté l'axe nord-sud. Son banc était en bordure du sentier perpendiculaire. Elle était tellement belle qu'il en oublia sa routine, négligeant les oiseaux affamés. Il n'ouvrit même pas sa bouteille. Il suivit des yeux la jeune personne aussi loin qu'il put la voir, et demeura immobile, le nez braqué dans sa direction.

– Eh! tes oiseaux ont faim, lui fit remarquer un des habitués de l'endroit.

Ces paroles le ramenèrent à la réalité. Il retourna à ses activités habituelles, puis rentra au bureau au moment où le carillon de l'église anglicane sonnait une heure.

Le souvenir de cette apparition le troubla au point où il négligea son travail ce jour-là. Les papiers s'empilèrent pêle-mêle et ses réponses au téléphone ne donnèrent pas satisfaction aux clients. Il aurait bien aimé être plus près de la fenêtre pour revoir le chemin suivi la belle jeune femme, mais son poste de travail était situé au milieu de la grande salle.

La journée terminée, il alla immédiatement s'asseoir sur un des bancs bordant l'allée qu'avait empruntée l'objet de ses désirs. Il y demeura plus d'une heure avec l'espoir de la revoir. Rien n'aurait pu le déloger de là. Obsédé pas sa passion naissante, il l'imaginait à son bras, il rêvait éveillé, cependant son attente lui pesait de plus en plus à mesure que s'égrenaient les minutes. Il se demandait quel était son nom. Diane comme la déesse, Madeleine comme l'héroïne? Il finit par se dire qu'il ne pouvait être qu'Angèle : un ange.

Le lendemain midi, Eusèbe installa ses quartiers à proximité de l'endroit où avait passé la belle dame de la veille. Les oiseaux finiraient bien par le repérer, ce qui se produisit tout naturellement. Il ouvrit distraitement sa boîte noire, en sortit les petits contenants, puis commença à grignoter sans grande conviction, le regard fixé là où il espérait la revoir. Elle apparut vêtue d'un magnifique tailleur saumon, sa couleur préférée, bien entendu. Elle ne marchait pas comme les autres femmes, elle flottait plutôt, sans presque toucher le sol, comme les hirondelles, les mésanges. Elle passa devant lui sans le remarquer.

Fidèle, il retourna au même endroit jour après jour, mais son attente était souvent vaine. Lorsque sa belle apparaissait, il la dévisageait sans succès. Les jours de pluie ne le rebutaient plus et il arrivait que sa patience fût récompensée. Il la voyait alors revêtue d'un imperméable de couleur vive ou tenant élégamment un parapluie assorti à ses vêtements.

À la fin de mai, au moment où les nouvelles couvées exigent un apport accru de nourriture, les oiseaux se faisaient de plus en plus insistants. L'espace entourant « l'ornithophile » grouillait d'une activité fébrile au point où les passants devaient faire un détour pour ne pas déranger les gourmands qui s'entêtaient à ne pas bouger. À l'extrémité nord de ce zoo un peu spécial parut la belle dame. Elle s'approcha puis s'arrêta un instant pour évaluer le meilleur chemin à prendre. Levant les yeux, elle regarda Zeb comme pour l'implorer de l'aider à traverser l'obstacle; ses talons aiguilles se seraient enfoncés dans la terre molle en bordure du sentier. Le galant bondit et, du coup, fit déguerpir les importuns. Il reçut comme remerciement un large sourire qui dévoilait deux rangées de dents immaculées. Cette marque d'attention lui alla droit au coeur, mais avant qu'il ne puisse poser le moindre geste ou dire le moindre mot, la promeneuse s'était éloignée.

Les jours qui suivirent, Eusèbe modifia complètement sa tenue vestimentaire, allant même jusqu'à porter son complet du dimanche qu'il agrémenta d'une fleur à la boutonnière. Il devait à tout prix attirer l'attention d'Angèle. Nul ne saura si son stratagème en fut la raison, mais la dame devint plus attentive à sa présence. Sans qu'une parole soit prononcée, un certain dialogue visuel sembla s'engager entre les deux personnes. Eusèbe en était ravi et se voyait déjà en compagnie de sa femme à quelque bal ou grande réception. Il osa même à un certain moment lui adresser un timide : « Il fait beau, hein! » Et elle lui répondit quelque chose qui n'avait aucune importance mais qui sonna à ses oreilles comme une douce mélodie. La voix était céleste. Le lendemain, il s'enhardit et lui demanda comment elle allait. Elle s'arrêta un instant pour lui parler de ses oiseaux et lui dire qu'elle aussi aimerait avoir le temps de les nourrir. La conversation se poursuivit quelques instants au grand ravissement du garçon qui était convaincu d'avoir conquis le cœur de la belle.

Un changement important survint dans la routine du héros au début de juillet. Un bouleversement des horaires de travail, causé par les vacances d'été, le força à demeurer au bureau à l'heure habituelle du repas. Quelqu'un devait rester pour répondre aux besoins de la clientèle. Et, tout naturellement, ce quelqu'un était Eusèbe. Il se morfondait. Pourquoi l'avait-on choisi plutôt qu'un autre? Il était rongé par un terrible cafard; Angèle passerait et il ne la verrait pas. Dès qu'un collègue venait prendre la relève, il sortait en toute hâte comme pour rattraper le temps perdu. Inutile! Même les oiseaux semblaient le bouder.

À l'issue de deux semaines de garde, le commis reprit son activité habituelle de midi, mais sa dulcinée n'était jamais au rendez-vous. Il se disait qu'elle ne reviendrait plus, qu'il l'avait trahie par sa longue absence. Découragé, il négligeait d'apporter de la nourriture pour ses petits amis. Puis il retournait au bureau, penaud et déçu. Ses compagnons et compagnes de travail, remarquant sa mine basse, se mirent en frais de lui remonter le moral par des paroles d'encouragement et des boutades de toutes sortes. Rien à faire! Seule Angèle aurait pu lui redonner goût à la vie.

Quel ne fut pas son étonnement ravi lorsqu'il la vit apparaître à la grande porte de l'entreprise un après-midi de la fin de juillet. Elle fit quelques pas, dit un mot à la réceptionniste, puis emprunta l'allée où il travaillait. Le cœur d'Eusèbe battait jusqu'à l'éclatement : « Elle est venue me retrouver! »

Elle s'arrêta un instant devant lui sans rien dire, lui sourit gentiment, tourna à sa droite, se rendit au bureau du chef de service, frappa à la porte qui s'ouvrit après un instant. La dame y entra. Tout joyeux d'avoir ainsi revu l'objet de son amour, Eusèbe était sûr qu'elle venait remplacer une secrétaire partie à la retraite avant les vacances. Il aurait ainsi l'occasion de la voir tous les jours, d'aller manger avec elle... Les yeux fixes, il attendait qu'elle réapparaisse. Les secondes se traînaient au rythme d'un escargot et s'allongeaient en éternités. Après une quinzaine de minutes, la porte s'ouvrit de nouveau et le patron sortit, suivi de la dame.

– Mes amis, dit-il d'une voix forte pour attirer l'attention de tous les employés, je vous présente Angèle... Ma femme.

La chasse

L'AIR GLACIAL de cette journée de novembre alourdissait l'atmosphère lugubre de la forêt. Arsène, flanqué de son chien, achevait une tournée de chasse décevante. Au début de son excursion, le craquement des feuilles gelées, sous ses pas, avait trahi sa présence et fait fuir le gibier. Afin d'éviter le bruit, il était demeuré tapi contre un massif de rochers, à l'affût durant de longues heures pendant que son compagnon dormait d'un œil. Ni l'un ni l'autre n'avait cependant pu identifier le moindre mouvement suspect. Tout était calme, trop calme. Seul le tambourinage occasionnel d'un pic, qui semblait vouloir avertir la nature de la présence d'intrus, venait troubler le silence. Transi, le chasseur avait entrepris de marcher pour se dégourdir. À la sortie d'une clairière, il avait surpris un lièvre blanc, mais avait dédaigné cette proie facile, trop maigre trophée pour ce fier disciple de saint Hubert. De plus, un coup de feu aurait réduit à néant tout espoir de trouver mieux.

Soudain, César renifla une piste et s'engagea dans un taillis. Poussant les branches avec précautions de son bras gauche dans la sapinière dense et tenant sa carabine dans la main droite, le chasseur s'avança à pas feutrés pour ne pas faire fuir le gibier. Les aiguilles de conifères qui tapissaient le sol lui permettaient de marcher silencieusement. Cependant, les rameaux lui obstruaient la vue. C'est à peine s'il pouvait voir trois mètres devant lui, même son limier devenait souvent invisible.

Le chien s'arrêta brusquement pour indiquer la proximité d'une cible et se retourna pour donner le signal à son maître qui avait déjà braqué son arme dans cette direction, prêt à faire feu. Ce dernier ne voyait rien d'autre que des troncs d'arbres et des ombres au milieu d'une végétation dense. Il risqua un pas, puis un autre en scrutant l'inconnu. Crac! Une branche morte cassa et un bruit de fuite désordonnée se fit entendre vers sa gauche. Il pointa le canon de son Browning à répétition en s'engageant tête baissée à travers les broussailles. Dans une petite clairière, il aperçut les bois d'un énorme cerf. Il n'avait que quelques secondes pour viser et tirer. Bang, bang! Il avait touché, il en était sûr.

La tâche ardue allait commencer, celle de trouver et de rapporter l'animal. L'expérience lui dictait d'attendre plusieurs minutes avant d'entreprendre la recherche, ce qui permettrait à la victime de se coucher tout en perdant du sang et, par le fait même, ses forces. Une poursuite immédiate l'aurait fait fuir trop loin pour être récupérable. La bête serait alors morte épuisée après de longues souffrances et le gibier aurait été irrémédiablement perdu. En arrivant à l'endroit où se trouvait l'animal lorsqu'il avait tiré, il aperçut quelques gouttes rouges. Cela indiqua qu'il l'avait atteint, sans toutefois indiquer la gravité de la blessure infligée. Il devait poursuivre sa recherche afin de trouver des indices plus concluants. Quelques pas plus loin, il trouva d'autres gouttes de plus en plus grosses et rapprochées. Sa démarche était lente pour ne pas provoquer l'énervement de la bête traquée. Le chien, bien dressé pour cette tâche, flairait le sol pour guider son maître dans la bonne direction.

Après seulement une quinzaine de minutes, le cerf blessé mortellement apparut, gisant et haletant. Sans perdre un instant, Arsène leva sa carabine, et d'un geste assuré, mit fin à ses souffrances. Il lui fallait faire diligence pour saigner et nettoyer le gibier avant que la nuit s'installe. Déjà le jour baissait et la visibilité diminuait rapidement. Il appuya son arme contre un tronc d'arbre mort et, couteau en main, éventra le cadavre encore chaud. César, impatient, gueule ouverte et langue pendante, reniflait de contentement sans toutefois rien toucher. Allant et venant, il tournait en rond en poussant de petits aboiements avant que son maître lui donne le morceau habituel. Le travail désagréable allait bon train quand la queue du molosse frappa le fusil, le délogeant de sa position précaire. Un coup partit.

Alertés par des aboiements, des chasseurs découvrirent, le lendemain matin, un homme couché sur un cerf mort. Et près de lui, un chien qui grognait, désemparé.

AUTOMNE

Si c'était à refaire

– Si c'était à refaire, disait Octave à des amis assis autour d'une table dans une brasserie, je n'achèterais pas de maudits billets de loterie. Éméché après avoir consommé quelques bières, il pleurait ses malheurs encore tout récents.

Un peu plus d'un an auparavant, il avait remporté un gros lot de plus de cinq millions de dollars à la loterie 6/49. Il n'avait pas hésité à partager cette énorme somme en quatre parts, soit un million pour chacun de ses enfants et le reste séparé également entre lui et sa femme. Cela allait de soi, d'autant qu'il y avait suffisamment d'argent pour satisfaire les besoins, même farfelus, de tous les membres de sa famille, et pour longtemps, croyait-il.

L'heureux gagnant avait tout de suite quitté son emploi à l'usine de meubles où il travaillait depuis une vingtaine d'années. Il s'était assuré de déverser sur son employeur le fiel et la rancœur accumulés durant tout ce temps. « Vous pouvez vous la fourrer dans l'c.. votre maudite job. J'ai pu besoin d'vous autres. » Fier de cet éclat de génie et de bravoure, il avait décidé de se la couler douce. Cette source inépuisable lui permettrait de satisfaire toutes ses exigences, ses désirs et caprices jusqu'à la fin de ses jours. Il se disait :

« Plus d'un million et demi de dollars, j'réussirai jamais à dépenser tout ça. »

La première conséquence de sa générosité fut désastreuse. Agathe, sa femme docile et soumise depuis bientôt trente ans, se transforma presque instantanément en tigresse revendicatrice, refusant dorénavant de jouer le rôle d'épouse soumise. Elle comptait bien jouir au maximum de la liberté que lui conférait cet apport monétaire inespéré. Elle dressa rapidement la liste de ses exigences qui comprenait entre autres l'acquisition d'une nouvelle maison et l'embauche d'une bonne à plein temps, dépenses devant être défrayées par son mari, tout naturellement. Elle assumerait les coûts d'une voiture neuve pour elle-même, du renouvellement complet de sa garde-robe, des nombreuses chirurgies esthétiques et des cosmétiques rajeunissants dont elle rêvait depuis des décennies. De plus, elle acceptait d'assumer sa juste part des frais de voyages à l'étranger. Elle comptait cependant que son Octave continue de jouer auprès d'elle son rôle de chevalier servant en payant les sorties au théâtre, le cinéma, les restaurants et tous les autres frais que la nouvelle vie mondaine du couple occasionnerait.

L'affrontement entre les plans et ambitions des deux époux fut terrible. De plus, l'ignorance totale de la saine gestion des sommes en causes n'était pas de nature à faciliter la solution du dilemme qui se présentait. La liberté envisagée par Octave faisait peu de cas de sa femme qui pourrait le suivre en payant son écot, mais pas plus. Pour Agathe, son mari deviendrait un accessoire à son bien-être : son chauffeur, l'intendant de sa maison, l'homme à tout faire. Les caprices de l'homme, que l'arrivée d'une telle quantité d'argent rendait accessibles, s'opposaient aux aspirations romanesques de sa femme. Cette situation faisait sortir de l'ombre de nombreuses petites frustrations de la vie commune en leur donnant des proportions démesurées. Les deux égoïsmes exacerbés à l'extrême s'affrontèrent inévitablement, conduisant à une séparation avec toute l'acrimonie qu'on imagine. La maison fut vendue ainsi que la plupart des meubles et la vieille voiture. Et chacun s'engagea dans l'inconnu de sa nouvelle route en espérant y trouver le bonheur.

Libre de toute attache, riche comme Crésus, Octave acheta un luxueux appartement qu'il greva d'une hypothèque aussi grosse qu'il le pouvait; les revenus de ses placements suffiraient largement à payer les mensualités. Une Ferrari écarlate trouva place dans le garage souterrain de l'édifice et un énorme yacht motorisé vint s'accoter à un quai de la marina avoisinante. Le prodigue « nouveau riche » invitait continuellement des tas de gens qui formèrent rapidement autour de lui une cour de sangsues toujours plus avides. Puis ses goûts s'orientèrent vers les grands espaces. Le monde n'était pas assez vaste pour lui et les hôtels n'étaient jamais assez luxueux. Il ne voyageait qu'en première, louait les suites royales et se payait les meilleurs restaurants, y compris les vins les plus chers, qu'il n'aimait pas vraiment, mais qu'il buvait quand même par snobisme. À ce rythme, le magot se mit à fondre comme glace au soleil, à l'insu du zigoto qui menait un train princier. Jusqu'au jour où on lui confisqua sa carte de crédit. Il était tout de suite rentré chez lui pour faire face à la situation désastreuse qui l'attendait. Son compte bancaire souffrait d'un énorme découvert et ses créanciers, notamment son courtier en bourse, lui réclamaient une somme faramineuse. Adieu condo, auto, bateau! Il avait eu toutes les peines du monde à sauver du naufrage assez d'argent pour se louer un petit appartement meublé et en assurer le loyer pendant quelques mois. Penaud, il était allé frapper à la porte de son ancien employeur qui, le prenant en pitié, et en considération de sa longue expérience, l'avait réembauché. Il devait dorénavant vivre chichement. Une tentative de rapprochement avec Agathe avait lamentablement échoué. Elle partageait une coquette villa ainsi que sa chambre avec un ami d'enfance, un veuf sans enfant, et ne voulait absolument pas retourner en arrière.

Albert, l'époux de sa fille Juliette, s'improvisa très vite administrateur du nouveau trésor qui leur échoyait. Il considérait qu'il lui appartenait autant qu'à sa femme. Après tout, ils avaient tout partagé de façon harmonieuse depuis le jour de leur mariage et c'était toujours lui qui avait administré le budget. Aucune raison ne justifiait un changement dans le modus vivendi. De plus, son expérience de commis comptable lui permettrait de faire fructifier le capital tout en assurant à la famille une vie très à l'aise. En homme sage, il ne quitta pas son emploi. Bien au contraire, il obtint de son patron une promotion dans le secteur de la gestion informatisée. Là, au contact des magiciens du « pitonnage », il apprendrait vite, à l'aide d'internet, les secrets des bons filons à la bourse. La chance lui sourit rapidement, d'autant plus que des rendements faramineux pouvaient êtres réalisés dans les secteurs *high tech*. Très vite, la totalité de la somme gagnée fut investie et les gains réalisés en moins de six mois frôlèrent les quarante pour cent. Il fallait promptement trouver de nouveaux capitaux pour profiter de cette manne qui ne demandait qu'à être cueillie. Il hypothéqua la maison et obtint en plus une énorme marge de crédit à la banque. Il laissa alors son emploi pour installer son bureau à la maison. Solidement branché sur un programme magique qui lui permettait de maximiser ses gains tout en le mettant à l'abri des mauvaises surprises et des pertes, il se voyait déjà milliardaire. Il était sûr d'être à l'abri de tout imprévu grave. Juliette, inquiète malgré les succès incontestables de son génie de mari, espérait que cela continuerait toujours, mais conservait quand même de sérieux doutes. Lorsqu'elle avait demandé à Albert de rembourser l'hypothèque pour se sentir moins vulnérable, elle avait reçu un non poli, cependant catégorique. Son mari lui fit comprendre que c'était maintenant le moment de réaliser le plus possible de gains; le jour viendrait où il conviendrait de diversifier son portefeuille pour y inclure des valeurs sûres, des *blue chips* comme on dit dans le milieu. Elle avait accepté, non sans réticence, subjuguée par l'enthousiasme de son mari.

Et il arriva ce qui devait arriver. La bulle technologique de la bourse explosa, causant une dégringolade catastrophique de tous les groupes d'actions, surtout ceux qui étaient reliés à la haute technologie. C'est là qu'Albert avait tout misé. En moins d'un jour, la banque exigea le remboursement sur-le-champ de toutes les créances. Pris de court, Albert se mit à tout vendre pour réaliser la somme nécessaire. Il y arrivait de moins en moins. Des actions achetées la veille à cent quarante dollars n'en valaient plus que vingt. Le lendemain, la situation s'aggrava encore et, à la fin de la semaine, le boursicoteur avait tout perdu : gains à la loto, fonds de retraite, maison et auto. Seul le petit emploi de Juliette permettait de subvenir aux besoins de base de la famille acculée au pied du mur. La séparation fut inévitable.

Gérard, le fils aîné et célibataire endurci, avait décidé de réaliser un rêve d'enfance. Il s'était acheté un magnifique ketch de vingt-deux mètres et comptait voguer d'une île des Antilles à l'autre. Il y vivrait de cabotage et d'aventures galantes auprès des jolies femmes, îliennes et touristes qui utiliseraient toute la gamme de ses services professionnels et personnels.

L'aventure ne dura pas longtemps. Une série de vagues géantes durant une tempête de septembre se jouèrent de l'embarcation, la démâtèrent et la renversèrent, emportant dans les remous corps et biens. L'inexpérience du navigateur avait probablement été une des causes les plus importantes de son malheur. La garde côtière ne retrouva que quelques débris du voilier leur permettant de l'identifier à coup sûr. Les recherches se poursuivirent pendant de longues semaines pour trouver des survivants, mais en vain.

Dans la brasserie, les bières succédaient aux bières et la conversation des copains devenait de plus en plus vaseuse. Chacun racontait ses misères réelles ou fictives et se vantait de ses prouesses imaginaires ou véridiques. Octave, qui avait atteint un degré avancé d'ébriété, décida, sur le conseil pressant du barman, de rentrer chez lui, à pied bien entendu. Il s'approcha du comptoir près de la sortie et, de sa gueule molle et pâteuse, demanda à la caissière : « Vendez-vous des loto 6/49? »

Disparu

CHARLES BÉRARD était au bureau lorsqu'on l'appela de l'école secondaire pour lui rapporter les absences répétées de Félix. Après avoir donné un coup de fil sans réponse à la maison, il s'y précipita dans l'espoir de trouver une explication à la conduite inhabituelle de son fils. Laurette, sa femme, était déjà là. Dix minutes plus tard, les deux faisaient face au directeur qui, comme eux, avait plus de questions à poser que de réponses à donner. Le garçon ne s'était pas présenté aux cours, ni ce jour-là, ni la veille. Pourtant, les parents étaient convaincus qu'il était à la maison lorsqu'ils étaient tous deux partis au travail ce matin-là. Or, à bien y penser, rien ne pouvait le prouver : ils ne l'avaient pas vu de toute la journée précédente. Très autonome, leur fils unique insistait pour qu'on respecte sa vie privée. Il avait la clef de la maison; il entrait et sortait à son gré sans que les parents s'en inquiètent.

L'adolescent de quinze ans à peine avait fait quelques fredaines comme en font tous les garçons de son âge. Par contre, il n'avait jamais séché un cours, c'est du moins ce que ses parents croyaient. Une fugue était peu probable d'autant plus que cela ne se produisait que rarement chez les adolescents au milieu des années cinquante. Les parents étaient convaincus que Félix en était incapable. D'ailleurs, il n'avait aucune raison de le faire tellement il était libre d'aller et venir, de ne jamais rendre de comptes à qui que ce soit.

L'examen plutôt sommaire de sa chambre n'avait rien révélé d'anormal. Comme toujours, elle était encombrée de livres et de cahiers d'école, et surtout de vêtements, de feuilles de musique, de baguettes de tambour, de revues, de disques, de cassettes, enfin de toutes les choses qui remplissaient sa vie.

Félix consacrait une grande partie de son temps à la musique avec un groupe d'amis aussi tapageurs que lui. Le petit orchestre de jazz, dans lequel il tenait le rôle de batteur, se produisait parfois dans des salles de danse où le niveau sonore défiait les capacités auditives et lors de réceptions de tout genre dans les villes et villages avoisinants. Il lui arrivait même d'aller jouer dans des petites villes du nord de l'État de New York, non loin de Cornwall, là où demeuraient les Bérard. Ces tournées rapportaient quelques dollars que les garçons consacraient presque exclusivement à l'achat de partitions et d'instruments de musique, ainsi qu'à des disques dont ils tentaient d'imiter les interprètes.

Une question frappa soudain les parents : le connaissaient-ils vraiment, leur Félix ? Leur vie professionnelle et leurs activités sociales accaparaient la majeure partie de leur temps et de leurs énergies. Ils lui avaient consacré beaucoup d'attention lorsqu'il était petit, mais à mesure qu'il avait grandi et affirmé son désir d'indépendance, ils l'avaient progressivement laissé à lui-même en lui fournissant une généreuse allocation. Cela tenait lieu de manifestation de leur affection.

Dès le moment de la disparition du garçon, tout avait été mis en œuvre pour le retrouver. La police avait passé au peigne fin la chambre du garçon, examiné de fond en comble la maison de ses parents, l'arrière-cour, la remise ainsi que son casier à l'école. Elle avait interrogé les membres du petit orchestre, les compagnons de classe, une copine qu'il voyait régulièrement, les professeurs, les voisins, enfin tous ceux et celles qui auraient pu fournir un indice quelconque. De leur côté, les parents avaient multiplié les rencontres avec la famille et les amis. Rien! Absolument rien au cours de toutes ces démarches n'avait apporté la moindre information pertinente. De fausses pistes et des allégations de toutes sortes avaient prolongé l'enquête qui s'était déroulée autant dans la région immédiate que dans les environs. Elle s'était même étendue au-delà de la frontière. Il n'était pas impossible que le garçon s'y soit rendu seul. La police de cet État avait coopéré sans hésiter, mais n'avait pas poursuivi l'enquête bien longtemps, faute de preuves ou même d'indices.

Les interrogatoires sans ménagement auprès du père et de la mère avaient plongé ceux-ci dans le plus grand désarroi. L'enquête avait parfois pris une allure d'inquisition. La seule pensée des accusations à peine voilées qui pesaient sur eux avait déprimé Laurette au point où elle avait dû souvent s'absenter du travail. Cela n'était rien en comparaison de la peine que cette perte leur avait causée. Des questions ne cessaient de la hanter : « Pourquoi est-il parti? Où est-il présentement? Comment vit-il? Souffre-t-il? Est-il encore vivant? »

Le dossier policier fut finalement rangé parmi les disparitions non résolues. Félix fut tenu pour disparu, peut-être mort. Sauf pour les parents chez qui subsistait toujours une bribe d'espoir. La mère était sûre qu'elle le retrouverait un jour.

Ce grand malheur, exacerbé par les reproches que Charles et Laurette s'adressaient mutuellement, avait fortement déstabilisé le couple. Seul un certain respect de leur union conjugale les retenait ensemble. Le fil en était toutefois de plus en plus ténu. Engagés dans leurs activités professionnelles et sociales, ils vivaient comme deux étrangers dans la crainte de l'inconnu que représentait un divorce. Le spectre du sort qu'avait subi leur fils agissait à la fois comme un mur infranchissable vers un rapprochement entre les deux et un lien inexplicable qui les forçait à travailler ensemble pour le faire disparaître.

Les années quatre-vingt s'achevaient. À moins de six mois d'intervalle, Charles et Laurette prirent leur retraite. Ce changement radical les plaçait constamment dans des situations de vie commune à laquelle ils n'étaient plus habitués. En gens civilisés, ils avaient réussi à trouver des façons de réduire au minimum les frictions tout en profitant le plus possible de leur nouvelle liberté. C'était la cohabitation pacifique où l'amour avait laissé la place à l'indifférence, voire au calcul.

La perspective d'un cancer du sein chez Laurette fut l'occasion d'un certain rapprochement. Mais la route qui les aurait menés à plus d'affection était tellement longue que Charles se contenta d'attentions délicates et d'un peu plus de prévenance. Après l'ablation d'une tumeur maligne et d'un traitement par chimiothérapie, le couple décida d'entreprendre un voyage pour faciliter la convalescence. La perspective d'un hiver maussade et particulièrement rigoureux les encouragea à hâter leur départ vers la chaleur. Ils n'étaient pas les seuls à quitter précipitamment la vague soudaine de froid qui les tenait prisonniers. Impossible de trouver le moindre vol immédiat en direction des Caraïbes, du Mexique ou de la Floride. C'est donc en voiture qu'ils prirent le chemin du Sud en s'arrêtant chaque soir dans un petit hôtel ou motel après sept ou huit heures de route.

Ce changement radical de mode de vie ainsi que l'espace réduit de la voiture et des chambres favorisèrent un rapprochement. Chacun fit visiblement des efforts pour rendre l'atmosphère agréable. À mesure qu'ils avançaient vers l'Arizona, la destination qu'ils avaient choisie en raison de son climat sec et chaud, ils retrouvaient des mots et des gestes enfouis très loin dans leur mémoire. Ils arrivaient même à en inventer de nouveaux.

Un jour, la surchauffe du moteur et la lassitude à la fin de la journée les forcèrent à s'arrêter pour passer la nuit dans un patelin à une centaine de miles de Tucson. Le seul hôtel à peu près digne de ce nom restait minable, quoiqu'assez propre. Après une toilette rendue nécessaire par la poussière du désert, les voyageurs se dirigèrent vers le bar mal éclairé attenant au restaurant de l'établissement.

Un homme squelettique, barbu, aux cheveux longs grisonnants et au regard mort frappait sa batterie sans grande conviction pour rythmer un air de blues joué par le pianiste noir.

La vue de ce sombre personnage eut l'effet d'une bombe sur Laurette. Elle y reconnut immédiatement Félix. C'était lui, elle en était sûre. Elle retrouvait les gestes et les tics de son fils lorsqu'il jouait de la batterie avec ses amis. Elle se leva précipitamment et frappa l'épaule de Charles en lui montrant le batteur pour lui faire remarquer la ressemblance. Ce dernier eut de la difficulté à contenir le geste impulsif de son épouse qui allait se précipiter vers le musicien. Elle se rassit et éclata en sanglots. C'était le moment qu'elle attendait depuis si longtemps! Charles avait vu le même bonhomme dans la lumière blafarde de ce débit. Rien cependant ne lui rappelait son fils. Le batteur était plus court et d'une telle maigreur que toute tentative d'y déceler des traits communs avec Félix lui semblait ridicule. Pour voir le musicien de plus près, ils décidèrent d'aller faire quelques pas de danse. Plus Laurette fixait le batteur, plus elle était convaincue que c'était Félix. Pour son mari, c'était tout le contraire. Il y avait si longtemps! De plus, la barbe lui cachait le bas du visage et une balafre de la joue droite jusqu'au haut du front lui donnait une allure sinistre, franchement désagréable.

Laurette entraîna son mari vers les deux musiciens pour leur demander de jouer la pièce *Star Dust*, une mélodie qui avait marqué leur première rencontre. Elle s'adressa directement au batteur et lui demanda en français s'il pouvait exécuter ce morceau. L'homme, resté interdit, fixa la femme et se contenta de hausser les épaules. Il n'avait rien compris ou n'avait pas voulu comprendre. Charles lui refit la demande en anglais, et après quelques instants, le pianiste commença à jouer accompagné par le rythme nonchalant de la grosse caisse et le frottement du balai métallique sur la cymbale. L'interprétation n'eut rien de commun avec ce qu'ils attendaient. Il était évident que cette pièce ne faisait pas partie du répertoire. La confrontation avec le ténébreux personnage ne changea cependant rien à leur conviction respective.

La pièce terminée, les deux musiciens se dirigèrent vers le bar pour y retrouver un verre déjà entamé. Laurette insista pour aller faire plus ample connaissance avec les jazzmen en prétendant qu'ils leur rappelaient quelqu'un qu'ils avaient connu. La femme s'adressa au batteur en l'appelant Félix, voulant sans doute éveiller chez lui des souvenirs latents. L'homme la toisa.

– My name is Jim!

La conversation se termina rapidement.

Le séjour du couple se prolongea pendant plus d'une semaine. Charles en aurait décidé autrement, mais il avait cédé devant l'insistance de sa femme. Durant ce temps, ils multiplièrent les occasions de rencontrer Jim. De repas en balades en voiture, aux longues soirées au bar, ils apprirent à mieux connaître le batteur. Les souvenirs de ses origines se perdaient quelque part dans une maison de réhabilitation, sans que puisse être précisé ni l'endroit ni le moment de cette prise de conscience. L'homme ne semblait d'ailleurs pas intéressé à déterrer le passé. Comme batteur, il avait roulé sa bosse un peu partout, du Sud-Est des États-Unis à la Californie. Il jouait dans ce bar depuis près de dix ans. Toutes les tentatives d'éveiller en lui des souvenirs d'enfance dans un milieu francophone demeurèrent vaines. Il ne comprenait ni ne parlait le moindre mot de français. De plus, toute référence au nom « Félix » l'agaçait. Leur rapprochement leur permit d'apprendre que son patronyme était Fawley.

Leur familiarité grandissante favorisa l'exploration progressive des antécédents du jazzman qui n'arrivait jamais à franchir la barrière de ses souvenirs au-delà d'une quinzaine d'années. Des allusions voilées suggéraient un ou plusieurs séjours dans des institutions psychiatriques ou carcérales. Les renseignements étaient tellement vagues qu'ils ne favorisaient pas la poursuite d'une enquête.

Des liens d'amitié s'établirent progressivement. De là à traiter Jim comme un membre de la famille, comme le souhaitait Laurette, il n'y avait qu'un pas, mais George refusait de le franchir. Le voyage dans le Sud se termina là et le couple repartit vers Cornwall après avoir invité Jim à venir leur rendre visite.

Cet épisode avait toutefois marqué les trois protagonistes. Laurette avait retrouvé un fils et Charles une épouse. Quant au batteur, il s'était fait des amis sincères qu'il allait voir à l'occasion. Une atmosphère presque familiale remplissait leurs rencontres qui devenaient de plus en plus fréquentes.

Il subsistait toujours un doute sérieux quant à l'existence d'un lien réel de parenté entre les Bérard et Jim. Un test d'ADN à partir d'échantillons des trois personnes aurait pu fournir certains indices. Charles refusait qu'on entreprenne des démarches dans ce sens à cause de l'imprécision de cette technologie naissante qui risquait d'apporter plus de confusion que de certitude. La chose aurait été différente s'il avait eu un élément biologique venant directement de Félix. Trente ans et deux déménagements plus tard, les traces physiques étaient bien effacées. Il ne restait que ces vieilles photos que Laurette ne cessait de passer et repasser en revue.

– Je suis sûre qu'il y en a d'autres quelque part, disait-elle.

Charles n'était pas enclin à ressasser des souvenirs pénibles; il préférait les occulter. Pressé par sa femme, il entreprit tout de même de revoir les albums ressortis des oubliettes.

– Laurette, regarde ce que j'ai trouvé! Derrière une photo.

Il brandissait une petite enveloppe portant la note : « Félix 3 ans ». Elle contenait une frisette blonde. Laurette ne s'en souvenait plus. Il existait dorénavant le moyen d'établir la preuve irréfutable d'un lien de parenté. Ou le contraire.

– Le test ADN, fit-il tout naturellement.

Laurette ne répondit pas. Elle était déjà convaincue d'avoir retrouvé son fils. Elle savait aussi que la preuve du contraire l'anéantirait. Joint au téléphone, Jim fut d'accord de jouer le jeu et Laurette accepta.

Le résultat arriva par la poste quelques semaines plus tard.

– Tu ouvres l'enveloppe? demanda Charles.

– Non. Fais-le, toi.

– On serait peut-être mieux d'attendre la visite de Jim.

– T'as raison. Appelle-le tout de suite.

On plaça la lettre en évidence sur le bahut de la salle à manger.

Jim arriva deux jours plus tard. Il avoua qu'il n'éprouvait pas vraiment l'envie de connaître la vérité.

L'atmosphère devint irrespirable. Il fallait absolument trouver le courage de faire face à la réalité.

– Faisons un pacte, suggéra Charles. Quoi qu'il arrive, rien ne doit changer entre nous.

Laurette et Jim acceptèrent

Charles se chargea d'ouvrir l'enveloppe. L'imposant document, rédigé en anglais, expliquait dans le détail les procédures de l'analyse.

– Qu'est-ce que ça dit? demanda Laurette impatiente.

Jim demeurait calme.

Charles pâlit. Il lut : *Negative.*

Aurait-il souhaité qu'il en fût autrement?

Le parfumeur

SOL ROSENBERG avait une parfumerie renommée située Cinquième Avenue près de la Soixante-septième Rue, au cœur même du monde le plus sophistiqué, le plus huppé et le plus snob de la métropole étasunienne. N'y était pas admis qui voulait. Pour y accéder, il fallait être détenteur d'une carte à bande magnétique qui permettait de franchir la première porte donnant sur une minuscule antichambre qui ne pouvait être ouverte que de l'intérieur du magasin. La clientèle ainsi choisie et tamisée était constituée exclusivement de personnes très riches, reconnues pour leur « bon goût », et surtout leur tendance à consacrer des sommes énormes à l'achat de tout ce qui était à la fine pointe de la mode. Jamais on ne les aurait vus fréquenter les vulgaires magasins à succursales multiples du type Sears et J. C. Penny, et que très rarement Bloomingdale, le grand détaillant de Manhattan.

Ce maestro de l'art olfactif connaissait tous les raffinements de son métier, ce qui l'avait promu au faîte de son ordre professionnel. Sa panoplie d'huiles essentielles, d'épices, d'aromates, d'esprits et même de textures n'avait d'égale nulle part ailleurs. Il les mélangeait comme les couleurs sur la palette du peintre, les agençait tels les mots sur le papier du poète, les harmonisait à la manière des notes sur les portées des grandes symphonies, les concoctait à la façon des mets extravagants de la nouvelle cuisine. Dans le milieu sélect des grands nez, on l'admirait tout en le détestant, on l'enviait, on le copiait, on le calomniait. Et lui s'enrichissait au gré de ces réactions excessives et des médisances qui ne faisaient que mousser son prestige.

Sol, comme se permettaient de l'appeler ses meilleures clientes, ne cessait d'innover. Chaque jour, il inventait, imaginait, élaborait des nouveautés : sensations, hallucinations, décoctions, que personne ne pouvait déchiffrer. À madame Silverstein, la ravissante épouse du propriétaire de la boutique de haute couture Leonard's Fine, il proposait *Night Inferno*, capiteux mélange créé exclusivement pour elle et qui rappelait les odeurs de sueur et de fumée particulières aux discothèques de son adolescence. Le prix ? Mille huit cents dollars l'once. Pour madame Bush, la femme du Président, qui venait lui rendre visite au moins deux fois par année, il avait élaboré *Powersurge*, un savant parfum qui réunissait de façon subtile les odeurs de pots d'échappement de voitures et de poudre à canon brûlée. Son prix est demeuré secret jusqu'à ce jour. Jamais il n'avait déçu une seule des chères personnes qui hantaient son établissement et grossissaient son capital.

Une chose préoccupait cependant de plus en plus ce magicien de la fiole. Il avait l'impression de se répéter, de faire ce qui avait déjà été réalisé par lui ou par d'autres. Il ne craignait pas le ridicule et encore moins la méchanceté de ses concurrents, mais il ne voulait absolument pas prêter le flanc à des critiques fondées sur la vérité, celles qui auraient prouvé qu'il pouvait un jour atteindre ses limites. Il avait exploité à son maximum son arsenal de produits de base et réalisé des millions de compositions inédites qui, selon lui, ressemblaient toutes, d'une certaine façon, à ce que les ancêtres de la parfumerie avaient fait et répété à n'en plus finir. Il devait dorénavant sortir des ornières de la tradition. Comme un maître vénéré, il ne cessait de répéter à ses admirateurs : « On ne parfume plus en 2000 comme on le faisait au dix-neuvième siècle, ni même il y a cinquante ans. Les arômes doivent maintenant être révolutionnaires, provocateurs, choquants au même titre que la peinture contemporaine, la musique électronique, le théâtre d'avant-garde. Ils sont tous là pour susciter des sentiments nouveaux, des réflexions contradictoires, une forme d'intériorisation explosive. Ils ne doivent surtout jamais tout révéler. »

Fort de cette conviction, l'artiste révolutionnaire, qui n'avait presque jamais quitté la grande ville, décida d'aller explorer des univers inconnus jusqu'alors. Ses recherches l'amenèrent dans les forêts où il retrouva des odeurs de conifères, de mousses, de champignons, de moisissure, d'épices, toutes des choses familières et exploitées depuis toujours. Les abords de la mer lui soufflèrent des arômes de sel, d'iode, de varech; là encore rien de nouveau. En s'approchant d'un port de pêche, son nez fut assailli par une forte odeur de poisson avarié. Le choc fut brutal. « Quelle puissance, quelle violence! » Sans hésiter, il remplit un flacon de la substance qui générait chez lui de telles sensations et la rangea soigneusement.

Il se rendit ensuite à la campagne où les fleurs, l'herbe, les arbres de toutes essences lui rappelaient son laboratoire. Rien de nouveau là encore! À l'approche d'un immense bâtiment en tôle ondulée d'où sortaient des cris perçants, il fut renversé par des émanations âcres, vitriolées qui lui arrachèrent des larmes. Bravant cet assaut insoutenable, il alla recueillir un échantillon d'une substance brunâtre, liquide et visqueuse, source de son malaise.

Plus tard, l'air d'une petite ville de province où on produisait du papier journal lui fut presque intolérable, mais suscita chez lui une curiosité qu'il devrait absolument satisfaire sans tarder. Il revint le lendemain armé de récipients et de pompes à compression pour emmagasiner la plus grande quantité possible de cette substance gazeuse.

Au cours d'une excursion à flanc de montagne, il trébucha sur une plante bizarre aux relents provocateurs. Une autre découverte. Le guide de la randonnée lui dit qu'il s'agissait de la symplocarpe fétide, communément appelée chou puant. Il cueillit la plante malgré les cris et protestations des touristes écolos. Cette plante était en voie de disparition dans l'hémisphère Nord. Il rangea soigneusement l'échantillon dans un sac de plastique.

L'explorateur revint à son établissement apportant ses précieuses trouvailles. Sa clientèle, qui l'attendait impatiemment malgré les bons services que leur avaient fournis les employés, était ravie de le revoir. Mais leur plaisir se changea vite en répulsion. Il ne sentait pas la rose, ce cher Sol. Bien au contraire, il empestait au point où le magasin devint rapidement chargé d'un air irrespirable. Les gens se retirèrent poliment. L'établissement devint rapidement aussi vide qu'une église les jours de semaine. Seuls restaient les commis éberlués et les chimistes qui n'en croyaient pas leur nez. Le propriétaire ne cessait de leur répéter avec détermination : « Nous entrons dans une nouvelle ère. Finis les parfums sucrés à la rose, au lilas, et à la cannelle. Nous allons révolutionner l'art olfactif avec des substances fortes venant tout droit de la nature et ignorées jusqu'à maintenant. »

– Vous ne pensez pas sérieusement employer des poissons pourris, des excréments et je ne sais quoi d'autre pour créer des nouveaux parfums, lui dit le chimiste en chef du laboratoire.

– Faites-moi confiance. C'est moi le parfumeur. Non? Je vais agencer ces puissants bouquets avec tous les arômes et essences que nous avons déjà et je propulserai ainsi notre art à un niveau jamais atteint.

Malgré son génie inventif, son imagination débordante et ses efforts soutenus, le parfumeur échoua lamentablement. Non seulement fit-il fuir sa clientèle capricieuse, mais, en quelques semaines, il perdit les meilleurs éléments de son personnel spécialisé. Son entêtement à vouloir convertir les infidèles à sa nouvelle religion finit par avoir raison de son commerce qui ferma ses portes à peine quelques mois plus tard. Seul dans un petit appartement de Brooklyn, il continua ses expérimentations jusqu'à ce qu'il ait dépensé son dernier dollar.

Il se retrouva sur les quais quelques années plus tard, clochard, sale, puant même, mais heureux d'avoir franchi une nouvelle barrière dans le monde des essences. Béat, il ne cessait de répéter aux passants éberlués :

– Ils ne m'ont pas compris. L'avenir prouvera que j'avais raison.

La fleur

À L'AFFICHE DE l'auditorium municipal apparut un jour le nom du célèbre ténor italien Mario Foresi. Quelle raison particulière, quelle attraction inexplicable avait bien pu convaincre ce chanteur exceptionnel de venir donner un récital dans cette ville de province? Ne refusait-il pas souvent des engagements très alléchants dans les métropoles? Il avait tout simplement perdu un pari avec Diane Larochelle, une collègue avec qui il entretenait des liens professionnels très étroits. Elle était originaire de cette ville et menait depuis une dizaine d'années une carrière de soprano avec un succès phénoménal sur les grandes scènes de tous les continents.

C'est à guichet fermé que l'artiste se présenta à l'auditorium, en habit de soirée agrémenté d'un long foulard de soie blanche enroulé lâchement autour du cou. C'était sa marque distinctive. Accompagné seulement d'un piano, il offrit une prestation prodigieuse à un public comblé et gagné d'avance. Il maria le bel canto napolitain aux plus savants arias du répertoire de l'opéra italien et français. Le point culminant de son récital fut l'*Air de la Fleur* de l'opéra *Carmen* qu'il interpréta avec brio. C'était d'ailleurs sa pièce fétiche. En rappel, le seul qu'il accepta de donner, il toucha les cordes sensibles des plus sévères critiques avec une chanson de Gilles Vigneault.

Les applaudissements remplissaient encore la salle lorsque Diane surgit des coulisses. Cette présence non prévue au programme en laissa plusieurs à la fois surpris et réjouis. Elle s'approcha du soliste et lui souffla des mots à l'oreille. Après quelques instants de consultation avec l'accompagnateur, elle entonna avec Mario le duo du finale de *La Traviata*. Le protocole rigide ainsi que toutes les règles et les barrières qu'imposait normalement l'artiste invité avaient commencé de s'effriter et le récital avait progressivement pris l'air d'une fête de famille. Dans cette atmosphère conviviale, la cantatrice prit la liberté d'inviter un de ses jeunes protégés, un baryton prometteur. Il exécuta l'air *Largo al factotum* du *Barbier de Séville* pendant que Foresi, demeuré en retrait, semblait ravi de cette initiative.

Gustave Monpetit, un sexagénaire assis dans la huitième rangée, restait sous l'emprise de l'émerveillement. Lui, le pilier de chorale, le soliste autodidacte des mariages, des funérailles et des spectacles en salles paroissiales, avait enfin pu voir en personne et entendre ce grand artiste de l'art vocal. Le vieil homme chantait depuis qu'il était tout jeune, c'était sa passion. Petit à petit et à force de travail acharné, il avait réussi à exécuter, à sa façon, la plupart des pièces que le maître avait chantées. Jamais cependant, ses interprétations n'avaient approché, même de loin, celles qu'il venait d'entendre. Il était quand même assez fier de sa « carrière » qui lui avait valu de nombreuses félicitations. Il avait savouré chaque moment du récital, cependant, contrairement à l'auditoire, il n'avait pas été impressionné par l'extrait de *Carmen*. Il n'y avait pas retrouvé la sensibilité qu'il espérait.

Chaque fois qu'il entendait cet air qu'il connaissait par cœur, il sentait s'éveiller en lui des souvenirs lointains et toujours douloureux. Il se remémorait sa peine d'amour, vécue alors qu'il n'avait que quinze ans. Il se rappelait les quelques roses, cueillies dans la plate-bande de sa mère, qu'il avait offertes à Dolorès, la fille du voisin. Il était follement amoureux d'elle. Premier amour sans conséquences, *puppy love* disaient les grands, mais amour inoubliable pour Gustave. Les parents de la jeune fille avaient déménagé très loin vers la fin des vacances d'été et jamais plus il n'avait revu sa nymphe idéalisée. Ni la vie, ni les charmantes dames qu'il avait rencontrées, pas même son épouse qu'il aimait sincèrement et avec qui il vivait depuis près de cinquante ans n'avaient réussi à effacer ce souvenir toujours présent, cristallisé à jamais. Dès la première fois qu'il avait entendu l'extrait de l'opéra de Bizet, reproduit sur disque, il avait été séduit tant par l'intensité de la musique que par les paroles qui exprimaient le déchirement d'un amour rejeté. La peine refoulée depuis le moment de la séparation lui était alors revenue et avait éveillé le souvenir pénible qui sommeillait au fond de lui.

Un peu à la façon d'un automate, Gustave se leva, se dirigea vers la scène, monta les marches du côté gauche et, à l'étonnement de tous, s'adressa à la diva, sa nièce. Celle-ci, un peu déconcertée, alla consulter Mario et tous deux acceptèrent de bonne grâce d'écouter le vieil homme.

L'accompagnateur reprit sa pile de partitions et en retira celle de l'*Air de la Fleur*. Après les accords d'ouverture, le ténor amateur entonna timidement les premières paroles : « La fleur que tu m'avais jetée.. » pendant que l'auditoire continuait de parler dans le plus grand désordre. Après les deux premières mesures, le chanteur prit de l'assurance et augmenta l'intensité de sa voix. Les murmures de la salle diminuèrent progressivement, puis le silence se fit lorsqu'arriva la phrase : « Je me prenais à te maudire, à te détester, à me dire... » L'émotion envoûtait l'artiste. Il ne chantait pas, il vivait cette pièce en l'imprégnant d'une magique sensibilité malgré la rusticité de sa voix. Le ton se raffermit et, au moment d'attaquer les notes aiguës, le timbre s'agrémenta d'un riche trémolo. L'amateur avait recouvré ses facultés d'antan. Transporté dans son monde intérieur, il avait oublié l'auditoire et chantait librement, frémissant de tout son être. L'instant fatidique approchait, celui où il devait atteindre le *si* bémol, la note qui fait trembler plus d'un ténor. La gorge lui serrait, mais il n'allait pas flancher là où il avait reproché au grand artiste son insensibilité. Il prononça les huit syllabes de la gamme en appuyant sur chacune d'elles : « Et – j'é – tais – u – ne – chose – à – toi ! » en ignorant le tempo que voulait lui imposer l'accompagnateur. Au bout de la phrase, il aborda doucement la plus haute note, puis poursuivit dans un léger et vibrant crescendo. Un court soupir, puis sa voix plongea huit intervalles pour chanter l'ultime : « Je t'aime. » en prolongeant la dernière note qui devint presque inaudible.

La foule demeura interdite, puis, faisant écho au geste de Mario Foresi, elle éclata en applaudissements et acclamations.

L'artiste d'un soir resta figé, absent, subjugué par l'émotion. Il tourna les talons et se dirigea vers l'escalier. Revenant un instant à la réalité, il leva un peu la tête, regarda la foule, puis grimaça un sourire en saluant maladroitement. Entre ses lèvres entrouvertes, apparut un mince filet rouge.

Le réveil

Le réveil fut brutal. Les sirènes des camions des sapeurs-pompiers avaient brusquement tiré du sommeil tout le village au beau milieu de la nuit. Les reflets des gyrophares des autos patrouilles illuminaient le plafond de la chambre des Demers. Poussé par la curiosité, Albert se leva et regarda par la fenêtre.

– Le feu!

Des trombes successives de flammes projetaient des nuées d'étincelles dans la nuit, éclairant les deux clochers encore debout. C'était tout près, à quelques coins de rue seulement. Sans attendre, il s'habilla et fut rendu en quelques minutes sur les lieux du sinistre, devant l'édifice centenaire devenu un énorme brasier.

Par moins vingt-cinq degrés, les sapeurs avaient du mal à contenir les flammes. La pression des lances variait au gré des caprices de la pompe du vieux camion. Une conflagration à l'échelle du village était toujours possible, surtout si les flammes atteignaient le commerce de bois d'œuvre voisin de l'église. Heureusement, l'absence totale de vent réduisait ce risque. L'eau ruisselait, transformant la rue principale en une véritable patinoire. De longs glaçons pendaient aux fils électriques et les branches de l'érable devant l'église avaient des reflets de cristal.

Une fois revenu de son affolement, il regarda autour de lui pour observer la réaction des autres curieux attroupés et tout aussi consternés et impuissants. Déjà les commentaires des paroissiens inquiets allaient bon train. « C'est une perte totale. » « Il fallait s'y attendre, tout l'intérieur était en bois verni et sec comme des allumettes. » « Est-ce que les assurances suffiront pour construire une nouvelle église ? » Toute l'histoire du village semblait s'envoler, emportée dans un lugubre feu d'artifice.

À quelques pas à sa gauche, vêtu d'un simple tricot enfilé par-dessus son pyjama, sans coiffure, le vieux curé se tenait là, immobile, sidéré. Il regardait le joyau de la paroisse s'écrouler dans un fracas infernal. Il avait toujours été très fier de son église, la plus belle de tout le comté. Au mépris du coût que cela représentait, il avait fait installer deux puissants projecteurs pour éclairer sa façade durant la nuit. L'édifice était ainsi devenu un phare qu'on pouvait repérer de très loin. Prévoyant sa retraite prochaine, il venait d'en embellir le chœur de onze tableaux symbolisant les sept sacrements et les quatre évangélistes. Il avait payé ces œuvres d'art de ses deniers.

– C'est l'héritage que je laisse à ma dernière paroisse, avait-il dit en les dévoilant la semaine précédente.

Ironie du sort ! Son homélie du matin avait porté sur les paroles du *Lévitique* : « Vanité des vanités, tout n'est que vanité. »

Légende

Mirana, de la tribu des pêcheurs, les Opisao, venait d'avoir quinze ans. À cet âge, elle avait l'autorisation de s'aventurer en forêt plus loin que les grands marécages, même jusqu'au rocher rouge non loin de l'épaisse barrière d'aulnes délimitant le territoire de sa nation. Un matin de printemps, elle se rendit cueillir du thé des bois et des herbes douces dans une clairière près de la rivière « aux plumes blanches ». Elle aperçut alors, au-delà des terres de son peuple, un grand jeune homme armé d'un arc et de flèches. Elle ne l'avait jamais vu auparavant et trouvait bizarre sa façon de se vêtir. C'était Komboa de la nation Bolokaï, les grands chasseurs. La jeune fille l'observa en silence pour ne pas attirer son attention, et aussi pour ne pas effrayer le cerf qui s'approchait lentement de lui en mangeant des pousses tendres au bout des branches. À peine l'animal fut-il à portée de flèche que le bruit d'une brindille cassée sous les pieds de la jeune aborigène fit détaler l'animal dans le bois encore dépourvu de feuilles.

L'homme aperçut la jolie fille tapie près d'un bosquet, figée sous son regard perçant. Il s'approcha lentement, curieux, en territoire étranger. Mirana, effarouchée, se leva et se mit à courir pour échapper à cet étranger qui aurait pu la tuer.

Il la rattrapa facilement et l'entraîna sur le sol garni de mousse. Leurs regards se rencontrèrent et les deux demeurèrent immobiles un instant. Elle se dégagea grâce à la complicité bienveillante de son ravisseur et partit à reculons vers son village pendant que Komboa la regardait s'éloigner. Il la salua longuement de la main jusqu'à ce qu'elle ait disparu derrière les épinettes noires.

Le lendemain, le chasseur revint à la recherche du grand cerf. Il regarda longuement du côté de la tribu voisine, espérant revoir la jeune fille. Elle demeura cachée et silencieuse, dissimulée derrière un rocher de granit rougeâtre. Elle l'observa sans bouger, admirant ses gestes lents et précis lorsqu'il tendait son arc dès qu'un bruit pouvait révéler la présence d'un animal. Après de longues heures sans succès, le chasseur repartit. Mirana regagna aussi son village, le cœur palpitant pour celui qu'elle aimait sans le connaître.

Les jours succédèrent aux jours et les lunes succédèrent aux lunes sans que les deux jeunes gens se revoient.

Mirana allait souvent pêcher le grand brochet du Nord à la saison où les feuilles prennent les couleurs du soleil couchant. Un long harpon à la main, comme son père le lui avait enseigné, elle attendait patiemment les frémissements de l'eau déplacée par la nageoire dorsale du poisson. D'un coup précis, elle transperça un énorme brochet qui, en se débattant vigoureusement, lui fit perdre pied et l'entraîna dans la rivière. Komboa, venu se désaltérer de l'autre côté de la pointe aux pins blancs, entendit les cris de la malheureuse. Sans hésiter, il se précipita dans sa direction, plongea dans l'eau froide, saisit son bras et la tira sur la rive. Il reconnut tout de suite la jolie jeune fille qu'il n'avait vue qu'une seule fois, l'allongea sur l'herbe sèche et tenta de la ranimer. Au bout d'un moment, elle ouvrit les yeux et lui sourit. Il la prit dans ses bras pour la réconforter et posa ses lèvres sur son front. Elle frémit et succomba à son charme. À compter de ce jour, pendant le long hiver, la pêcheuse et le chasseur se sentirent liés l'un à l'autre pour la vie. Ils se voyaient furtivement sans en souffler mot à quiconque, mais ne pouvaient pas encore demeurer sous la même tente.

Le jour où la rivière commença à se dégager de sa peau de glace, Mirana amena son amoureux chez ses parents pour obtenir le consentement d'aller vivre avec lui. En voyant la lanière de fourrure qui ceignait le front du jeune homme et descendait dans son dos en deux longues bandes jusqu'au milieu de ses jambes, le père entra dans une violente colère.

– C'est l'ennemi de notre nation, dit-il! Ses ancêtres ont tué nos pères et leurs actions ne cessent de troubler l'eau pour faire fuir les poissons.

À ces mots, il saisit une massue et se rua sur le chasseur qui esquiva le coup de justesse et partit à toutes jambes.

– Je te défends de revoir cet animal, reprit le père courroucé. Si tu le fais, tu ne seras plus ma fille aînée. Je crois même que je devrai te tuer pour épargner la honte à ma nation.

Komboa arriva, haletant et confus dans son village. Il venait de découvrir une petite partie de la triste histoire de sa nation et voulait en connaître les origines. L'ancien qu'il alla consulter le fit asseoir et entreprit de lui dire toute la vérité.

– Il y a bien des neiges, nos deux peuples vivaient en paix. Nos garçons épousaient les filles de leur tribu, et leurs garçons venaient vivre chez nous. Arriva une terrible tempête suivie d'un grand feu. Toute la forêt fut détruite à partir des plus lointaines collines jusqu'aux vastes plaines. Les cerfs et les élans désertèrent nos terres dévastées et notre peuple, privé de gibier, commença à mourir de faim. Nos pères allèrent consulter le chaman pour connaître la cause de ce drame. Le grand Esprit lui révéla que les ancêtres des Opisao avaient fait souffler le vent et tomber une pluie de feu du ciel sur la forêt pour que les animaux fuient la terre. Ainsi, ils ne pourraient plus brouiller ni salir l'eau où ils pêchaient. Depuis ce jour, les deux peuples se vouent une haine mortelle.

– Ce sont des coyotes, enchaîna le père de Komboa. Ils font tout pour effrayer le gibier, Nos deux peuples sont en guerre depuis toujours. Ne t'aventure jamais sur leurs terres ; ils te tueraient.

Le jeune homme demeura perplexe et s'abstint de leur parler de Mirana, convaincu qu'on l'empêcherait d'aller la retrouver. Jour après jour, prétextant une tournée de chasse, il allait dans le bois près des aulnes pour la revoir, mais elle ne venait plus au rocher rouge. Elle, de son côté, n'attendait qu'un moment de relâche de la surveillance des membres de sa famille pour aller retrouver son amoureux.

Le moment vint enfin où les deux amants réunis jurèrent de ne plus jamais se quitter. Ils partirent en canoë, lui l'arc en bandoulière et le carquois sur l'épaule. Elle, apportant son harpon. Après plusieurs jours, ils arrivèrent au pied d'une colline recouverte de mille essences d'arbres et de végétaux. C'était un paradis pour les oiseaux, les cerfs, les loups, les ours noirs et tous les animaux de la forêt. Il y régnait un équilibre séculaire que venaient à peine déranger les soubresauts des saisons. Les eaux regorgeaient de truites, d'achigans et de brochets. C'était un endroit jamais exploré par l'homme où le lac sans nom se déversait dans la rivière aux reflets de ciel.

Le jeune couple y construisit une hutte et décida de s'y établir pour toujours. Komboa alla chasser et ramena une jeune biche. Puis enseigna à sa femme l'art de cuire la viande et de tanner la peau. Mirana se rendit pêcher et revint portant une fourche de cerisier où étaient enfilées plusieurs truites aux flancs vermeils. À son tour, elle lui montra comment sécher et fumer le poisson pour le conserver.

Le printemps suivant, Mirana donna naissance à un joli garçon qui prit le nom de Souloti, ce qui signifiait : « Enfant de la paix. »

Les années passèrent et plusieurs frères et sœurs vinrent se joindre à la famille qui régnait sur un grand territoire poissonneux et giboyeux. Devenus grands, ils voulurent aller se chercher époux et épouses, mais ils furent rejetés par les deux tribus de leurs parents. Certains furent mêmes tués. Déçus, ils partirent vers d'autres pays, laissant derrière eux leurs parents vieillissants qui refusaient de les suivre.

Une année, au temps où la chaleur du soleil fait rougir les feuilles, les deux vieux entendirent des bruits inquiétants qui s'approchaient d'eux à travers les bois. Un grand nombre d'hommes, armés de haches et de scies, abattaient les arbres puis mettaient le feu aux branches tombées sur le sol, ne laissant derrière eux qu'une terre brûlée et désolée. Toute la colline fut ainsi rasée. Le gibier déserta vite les lieux parce qu'il n'y trouvait plus d'endroit où se cacher ni de plantes pour se nourrir. Les poissons délaissèrent le lac et la rivière dont les eaux, en bordure de la colline, étaient salies par la cendre et la terre délayée, les copeaux de bois et les lambeaux d'écorce. Désemparés, les deux Indiens durent déménager leur campement sur l'autre rive, moins hospitalière, mais encore garnie de forêts. L'automne suivant, les hommes revinrent en plus grand nombre pour dévaster leur dernier retranchement.

Ne pouvant plus ni chasser ni pêcher, l'âme déchirée entre un hier qui ne reviendrait jamais plus et un présent qu'ils ne voulaient accepter, les deux vieillards s'enlacèrent au fond d'une crevasse et moururent de chagrin. La pluie entassa la terre autour de leur corps, les ensevelissant dans un linceul de nature.

Partout ailleurs, la mousse fragile sécha sous les rayons du soleil. L'humus millénaire fut aussi lavé par les averses automnales et emporté par les fontes printanières, ne laissant que le roc nu. Les forestiers tentèrent en vain de planter de nouveaux arbres dans les petits îlots de terre prisonnière des fissures et des replis de la pierre, puis ils abandonnèrent les lieux.

Plusieurs années plus tard, Souloti revint sur la colline où il avait vécu, espérant y retrouver ses parents. Il constata la désolation de la terre pelée. Seulement quelques rares arbustes y poussaient péniblement et aucun homme ni aucun animal n'y vivait. Il regarda la rive opposée et ne vit que deux longs bouleaux blancs aux branches enlacées, s'élevant au-dessus des fardoches rabougries. Ils avaient pris racine au cœur des deux amants.

Table des matières

Du même auteur

- Participation au collectif *Casino... vertigo !* Les Éditions du Vermillon, 2000.
- *Une affaire de rien. Histoire d'un rêve. Récit*, Les Éditions du Vermillon, 2008.
- Participation au collectif *Bonheur d'écrire*, Les Éditions du Vermillon, 2009.

Membre de l'Atelier littéraire des Outaouais
Membre de l'Association des auteures et auteurs de l'Ontario français (AAOF)

Récits, nouvelles, contes et romans
dans la collection **Parole vivante**

- Jean-Louis Grosmaire, *L'attrape-mouche. Récit,* 1985, 128 pages.
- Madeleine Gaudreault Labrecque, *Les aventures d'un manuscrit. Récit,* 1989, 72 pages.
- Suzanne Parisot-Grosmaire, *Fleurs d'hibiscus. Récit,* 1991, 110 pages.
- Danielle Vallée, *La Caisse. Contes,* 1994, 88 pages.
- Inge Israël, *Le tableau rouge. Nouvelles,* 1997, 216 pages.
- Jean-François Somain, *Le jour de la lune. Conte,* 1997, réimpression en 1998, 122 pages.
- Hédi Bouraoui, *Rose des sables. Conte,* 1998, 120 pages. Grand Prix du Salon du livre de Toronto 1998, Prix du Nouvel-Ontario 1999
- Cécile Simard Pilotte, *C'était la mélodie. Récit,* octobre 1998, 148 pages.
- Jacqueline L'Heureux Hart, *Pique atout! Cœur atout! Récits,* 1997, deuxième édition en 2000, 162 pages.
- Jean-François Somain, *Le ballon dans un cube. Récits et nouvelles,* 2001, 264 pages.
- Jacques Lalonde, *Le chevalier de givre. Nouvelles,* 2002, 172 pages.
- Jacqueline Goyette, *La fuite impossible. Nouvelles,* 2002, 124 pages.
- Jean-Louis Trudel, *Jonctions impossibles. Nouvelles,* 2003, 148 pages.
- *Des nouvelles du hasard,* collectif coordonné par Monique Bertoli, 2004, 252 pages.
- Aurélie Resch, *Contes de la rivière Severn.* 2005, 120 pages.
- Bagriana Bélanger, *Escales. Nouvelles,* 2006, 164 pages.

- Nancy Vickers, *Le rocher de l'ange*, 2005, 260 pages.
- Hédi Bouraoui, *Sept portes pour une brûlance*, 2005, 120 pages.
- Lysette Brochu, *Saisons d'or et d'argile. Tableaux de vie*, 2005, 268 pages.
- Serge Cham, *Ah! C'est mon histoire! Contes*, 2005, 144 pages.
- Bernard Chevrier, *Le destin d'Antoine Brûlé. Récit*, 2006, 136 pages.
- Claire Boulé, *Maison ouverte. Nouvelles*, 2006, 200 pages.
- Yvette Granier-Barkun, *Au delà du destin. Nouvelles*, 2006, 104 pages.
- Myriam LaVoie, *Au cœur du passage. Contes*, 2006, 68 pages.
- Anne-Michèle Lévesque et Josette Saint-Laurent, *Félinement vôtres. Nouvelles*, 2006, 208 pages.
- Claire Silvera Rochon, *Aimons-nous d'humour*, 2007, 112 pages.
- *Le tunnel. Nouvelles et récits*, collectif dirigé par Jacques Flamand, 2007, 246 pages.
- Claude Desmarais, *Une affaire de rien. Récit*, 2008, 268 pages.
- Lise Bédard, *L'ombre des fantômes. Nouvelles*, 2008, 224 pages.
- Nicole Balvay-Haillot, *Fenêtre sur vie. Nouvelles*, 2009, 168 pages.
- Jean-Louis Trudel, *Les marées à venir. Nouvelles*, 2009, 270 pages.

Trois saisons
est le trois cent quatre-vingt-neuvième titre
publié par les Éditions du Vermillon

Composition
en Bookman, corps onze sur quinze
et mise en page
Atelier graphique du Vermillon
Ottawa (Ontario)
Films de couverture
Impression et reliure
Impimerie Gauvin
Gatineau (Québec)
Achevé d'imprimer
en février deux mille onze
sur les presses de
l'imprimerie Gauvin
pour les Éditions du Vermillon

ISBN 13 : 978-1-926628-20-2
Imprimé au Canada

FSC
www.fsc.org
MIXTE
Papier issu de
sources responsables
FSC® C100212